20세기
청   춘

20세기 청춘

이야기

지나온 시대와
지나갈 시절의

구가인 지음

묘조

차례

3부   *요즘 어른*

1부

20세기 청춘

세기말
TTL

TTL을 아는가. 혹시 당신도 '스무 살의 011'이었나. 아니면, 016 NA? 혹은 019 카이?

내 첫 휴대전화는 수능을 끝마친 열아홉 살 무렵 산 TTL폰이었다. 한 손에 꼭 들어오는, 모서리에 형광 주황색 선이 포인트인 아이보리색 휴대전화였는데, '삼성 애니콜 플립형 SCH-A7500' 모델이라고 부르는 게 더 정확하겠지만 다들 TTL폰이라고 불렀다.

TTL은 1999년 7월 SK텔레콤이 만 18~23세, 이른바 N세대Net Generation를 겨냥해 출범한 휴대전화 멤버십 서비스였다. 지금 생각해보면 그저 연령대별 요금제에 지나지 않았는데 그땐 무슨 단체의 멤버가 되는 것처럼 다들 어떤 번호, 어떤 서비스를 선택할지 꽤나 고민했다. 그렇게 골라서인지 누군가 무슨 휴대전화를 쓰냐고 물으면 목소리에 살짝 힘을 줬던 것 같다. "나? TTL!"

신인배우 임은경이 등장한, 신비주의 마케팅의 대명사로 꼽히는 TTL CF는 20년이 지난 지금까지 회자되는 그 시절의 대표적인 광고다. 물고기들이 유영하는 물속이나 깨진 어항이 덩그러니 놓인 방, 거대한 동물 뼈가 있는 바닷가처럼 황량한 이미지의 흑백 배경 속에서 TTL 소녀가 큰 눈으로 무언가를 응시하다 끝나버리는, 세기말의 은유인가 싶은 꽤 실험적인 광고였다.

사랑할 시간Time To Love부터 텔레토비 사랑TeleToby Love까지 온갖 추측이 난무했지만 대체 TTL이 무슨 뜻인지 설명도 없었다. 광고가 끝날 무렵 약간 스산한 목소리로 속삭이는 "처음 만나는 자유" "너는 행복하니" 같은 말이 유일한 대사였다. 지금은 조금 오글거리지만 그 시절 이 광고는 대박을 쳤다. TTL은 출시 6개월 만에 100만 명이 가입할 만큼 선풍적인 인기를 끌었다.[•]

　수능을 망쳐 우울했던 세기말, 내 손에 쥐어진 휴대전화는 적적한 마음에 위로가 돼줬다. 통화량 제한 때문에 음성통화는 가능한 한 아끼느라 문자서비스를 적극 이용했다. 온갖 문장부호를 동원해 조악한 이모티콘((?^O^?) (@ㅠ@) (*·~))을 만들어내며 쉴 새 없이 메시지를 주고받았다. 말 그대로 '처음 만나는 자유'였다. 그렇게 새천년이 왔다.

> "주위사람이 새 휴대전화를 샀을 때 "야, 참 작네"하면 구세대, "인터넷 되는 거네"하면 N세대. 01*을 고를까 01#를 고를까 망설이다 "뭐가 더 잘 터지나" 따지면 구세대, "어떤 부가서비스가 있나" 따지면 N세대. 귀에 대고 통화만 하면 구세대, 게임하듯 양손으로 마구마구 눌러 '문팅(문자메시지 채팅)'까지 하면 N세대."[••]

•　최홍섭, "TTL 성공시켜, 그렇지 않으면 해고야!", 〈이코노미조선〉(14호)

1990년대 말 IMF 외환위기(이하 IMF)로 많은 산업이 움츠렸지만 이동통신 산업만은 급성장세였고, 2000년대 들어서는 폭발적으로 성장했다. 그만큼 젊은 소비자를 사로잡기 위한 마케팅도 치열했다. 그 과정에서 TTL을 비롯해, NA, 카이, Bigi, 홀맨 등 생소한 이름을 붙인 통신사 멤버십 서비스가 줄줄이 등장했다.

통신사 할인 혜택 같은 말도 그때 나왔는데, 우리는 각자의 멤버십 카드를 쥐고 우후죽순 늘어난 멀티플렉스 영화관과 PC방, 패밀리레스토랑 등을 찾아가 열정적으로 소비했다. 20세기 말의 아이들은 그렇게 21세기의 소비역군으로 거듭났다(그래서인지 2000년에 들어선 뒤 TTL 광고는 한층 밝아진다. TTL 소녀가 빨간 머리로 염색하고 토마토를 맞으며 환하게 웃는 광고가 대표적이다).

이후 폴더형과 슬라이드형, 회전형 등 다양한 형태와 전지현폰, 이효리폰부터 아이스크림폰이나 초콜릿폰까지 수많은 피처폰을 거쳐 스마트폰의 시기가 도래

•• 　윤경은, "N세대 "휴대전화 선택아닌 필수"…'나만의 공간'에 매료", 〈동아일보〉, 1999. 8. 26.

했고 한때 N세대의 상징이었던 2G폰은 아날로그의 상징이 됐다.

그때의 N세대로서 지금까지 1~2년마다 좀 더 나아진 성능의 새로운 스마트폰으로 갈아타고 있지만 기기가 바뀌어도 변하지 않는 게 있긴 하다. 언젠가 40대 이상이 카카오톡에 물결표나 말줄임표 같은 문장부호를 자주 쓰는 것은 이모티콘이 없던 시절 문자로 감정을 표현했던 습관 때문이라는 기사를 읽고 그 분석에 격하게 공감했다. 이후 나는 종종 문장부호를 과하게 남발하지는 않았는지 의식하며 몇 개씩 슬쩍 지우곤 한다. 그러나 습관은 쉽게 바뀌지 않는다. TTL폰은 사라졌지만… 내 손가락은 그 폰을 잊지 못했다….

1세대
아이돌 단상

나의 10대는 1세대 아이돌의 시대였다. 아이돌의 시조새로 불리는 H.O.T.와 젝스키스, S.E.S.와 핑클 등이 활동하던 시기 말이다. 당시 딱히 아이돌 팬이 아니었는데도 그들의 노래는 전주만 듣고도 흥얼거릴 수 있다.

그 시절 아이돌은 우리에게 공기 같은 존재였다. 쉬는 시간이나 점심시간에 우리가 나눴던 이야기의 상당 부분은 그들과 관련된 것들이었다. 세대를 나누는 기준은 다양하겠지만 10대 시절을 공기처럼 감쌌던 노래가 무엇이었는지도 그 잣대가 될 수 있다고 생각한다.

영어 단어는 외우기 어려워도 H.O.T.가 High-five of teenagers의 약어이며 젝스키스^{sechskies}가 '6개의 수정'이라는 뜻의 독일어라는 사실이나 멤버들의 가족관계, 혈액형 같은 신상정보는 머리에 쏙쏙 박혔다. 아이들은 스스로를 '칠현(강타 본명) 부인' '(은)지원 부인' 등으로 칭했다. H.O.T.의 노래 〈캔디〉 가사에 들어간 부사 '단지'가 그 구절을 부른 토니 안 여자친구의 이름이라는 소문에는 말도 안 된다며 고개를 젓다가도 혹시 정말일까 싶어 그 가사를 곱씹어 들었다.

하얀풍선(H.O.T.)과 노란풍선(젝스키스)의 대립은 주황풍선(신화), 분홍풍선(NRG) 등으로 확산되며 드라마 같은 작은 신경전이 벌어지기도 했지만, 대개는 음악잡지에 나온 오빠들의 화보 사진을 나눠 가지며 누구보다 연대했다. 그렇게 모은 사진들은 하드보드지로 만든 D.I.Y. 필통 재료로 쓰였다.

보이그룹에 이어 걸그룹 S.E.S.가 등장하고 교실에서도 왕방울 머리끈과 더듬이 앞머리가 유행했을 무렵, 젝스키스 이재진의 빅팬이자 S.E.S. 유진의 라이트팬이던 짝꿍이 등교하자마자 비장한 목소리로 "큰일 났다, 대성(당시 젝스키스 소속사)에서 진짜 엄청 예쁜 여자 그룹을 만들고 있다"고 했던 것도 기억난다(영미야, 잘 지내니?). 너무 진지해서 차마 왜 그게 큰일이냐고 묻지 못했는데, 어쨌건 그의 말대로 얼마 뒤에 진짜 엄청 예쁜 걸 그룹 핑클이 세상에 나왔다.

SNS로 끊임없이 소통하는 요새 아이돌과 달리 서태지와 아이들 이후 그 시절 오빠들은 신비주의 전략을 자주 취해 팬들을 안달하게 했다. 특히 지방에 사는 소녀들에게 서울에서 활동하는 오빠의 세계는 멀어도 너무 멀었다. 인터넷이나 휴대전화가 대중화되기 전이라 친구들은 점심시간마다 전화사서함을 듣기 위해 공중전화로 향했다. 새 앨범 준비로 활동이 끊긴 오빠들의 목소리를 듣거나 방송 스케줄과 팬클럽 회장 언니가 전하는 행동강령을 알려면 전화사서함을 통할 수밖에 없었다. 인근 큰 도시에서 하는 콘서트나 라디오 공개방송에 참석하려고 하루 가출을 감행하거나, 오빠들이 사는 서울 숙소 담벼락에 매달려 밤을 새우고 돌아와 부모님께 호되게 혼났던 일화는 다음 날 교실에서 영웅담처럼 펼쳐졌다.

지루한 모범생이었던 나는 이제 와서야 격렬한 '빠순이' 경험을 못한 게 다소 아쉽다는 생각이 든다. 그 시절만의 공기를 더 힘껏 들이마시며 호흡했어야 하지 않나, 이런 후회랄까. 열심히 팬질을 하다 훌륭한 어른이 된 내 주변 친구들을 보며 소년들이 축구클럽을 통해 팀워크나 도전정신, 승부욕 등을 배우는 것처럼 소녀들 역시 팬클럽 활동을 통해 비슷한 자질을 배운다고 믿게 됐다. 열과 성을 다해 누군가를 좋아하는 경험은 좋은 추억과 성장의 거름이 된다.

80년대 초반생인 내 또래의 팬질은 2세대 아이돌 동방신기나 빅뱅, 3세대 BTS 등으로 옮겨가며 경력을 연장하고 전문화하기도 했지만 상당수는 god 선에서 마무리됐다. 그리고 세월이 흐른 지금은, 그때 우리가 누구의 팬이었는지 같은 건 그다지 중요하지 않아졌다. 좋아했던 아이돌이 아니더라도, 심지어 안티였더라도, 지나고 보면 그 시간을 함께 보낸 친근한 존재처럼 여겨지기 때문이다. 〈god의 육아일기〉에 나왔던 돌쟁이 아기가 제대했다는 소식을 들었을 때, 우리는 god 팬이 아니었음에도 오랫동안 연락이 끊겼던 친구 동생의 소식을 들은 것처럼 "와, 세월 참"이라며 짧게 탄식했다.

언젠가 취재차 만났던 1세대 아이돌 오빠들은 그 시절 팬들의 열정을 고마워하면서도 후배 아이돌에 비해 더 큰 기회를 얻지 못한 것에 대한 아쉬움을 드러냈다. "요즘 친구들이 좀 부럽기도 해요. 우리 때는 한류 이런 게 없었으니까요." 겉으론 열심히 고개를 끄덕였지만 속으론 '아니 오빠, 요즘 태어났으면 대형기획사 오디션에서 탈락하셨을지도 모르잖아요?'라는 말이 목까지 차올랐다. 세월과 함께 팬심이 바랜 탓이다.

그러다 최근 4세대 아이돌이 나왔다는 소식을 들었다. 사실 2세대와 3세대 아이돌의 차이도 잘 이해하지 못하던 나는, 회사에서 가장 젊은 인턴들에게 왜 벌써 4세대냐며 뜬금없이 따져 물었다. "1세대보다 2세대나 3세대가 좀 더 글로벌한 인기를 얻은 건 알겠어요. 근데 그 뒤는 무슨 기준으로 구분하는 건데요?!"

사실 이들이 엔터 회사 직원도 아니고, 무슨 답변을

할 수 있겠나(죄송했습니다, 여러분). 자신들도 명확한 구분법은 잘 모르겠다며 고개를 갸웃거리다 누군가 "좀 더 예쁜 거?"라는 말을 했다. "말도 안 돼! 그때는 1세대도 정말 어마어마했는데!" 그때 왜 나는 발끈했을까. 팬심은 바랬지만 추억에 대한 의리는 남았다 싶다.

음악도시에서 볼륨을 높여요

우연히 라디오를 주제로 한 학술대회에 발표자로 참여한 적이 있다. 인문학자들과 실제 라디오방송 종사자들이 발표자로 나선 자리였는데, 10대 시절 심야라디오의 열혈 청취자였다는 것 외에 라디오와 별다른 연관성을 찾지 못했던 나는, 결국 주제를 '1990년대 심야라디오'로 잡았다.

삼성 '마이마이'에 이어폰을 꽂고, 시작은 책상머리였으나 대부분 이부자리에서 뒹굴뒹굴하다 잠이 들곤

했던 그 시절, 주로 MBC FM(현 FM4U) 채널을 즐겨들었다. 특히 라디오를 끼고 살던 90년대 후반에는 저녁 8시 〈박소현의 FM 데이트〉로 시작해서 10시 〈김현철(이소라)의 디스크쇼〉 자정 〈신해철(유희열)의 음악도시〉로 하루를 마무리하곤 했다. 경쟁 채널인 KBS FM(현 쿨FM)에선 〈이본의 볼륨을 높여요〉와 〈유영석(이주노, 차태현)의 FM인기가요〉 등이 방송됐다. 심야라디오의 대세는 이문세, 이적 등이 진행한 MBC AM(현 표준FM) 〈별이 빛나는 밤에〉였지만 내가 사는 지역에서는 자체 제작 프로그램을 내보내는 탓에 듣지 못했다. SBS 역시 지방에서는 접할 수 없는 시절이었다.

요즘과 달리 꽤 많은 10대가 밤이면 라디오를 끼고 살았기에 나는 그때를 의심 없이 심야라디오의 전성기로 생각하고 있었다. 그러다 자료를 찾다 알게 된 사실에 다소 놀랐다. 텔레비전 방송이 활성화된 이래 라디오 청취율은 줄곧 하락세였고, 1990년대 라디오 역시 과거 대비 청취율 감소를 겪던 시기였다. 예컨대 1980년의 한 기사는 1970년대보다 못한 청취율에 방송사들이 개편을 단행한다면서도 당시 "중고생의 80퍼

센트 이상이 라디오를 켜놓거나 음악을 들으며 공부하는 습관을 가지고 있다"고 전할 정도였다.[*]

70~80년대 수준에는 못 미치더라도 90년대 라디오 역시 젊은층의 사랑을 받는 꽤 트렌디한 매체였던 건 맞는 듯하다. 특히 당시 청소년과 20대의 라디오 청취율은 기성세대보다 월등히 높았다. 1998년 한 조사에 따르면 라디오 이용자 중 30세 미만 성인은 하루 평균 80분 정도 듣는 반면 30대는 하루 73분, 40대는 70분, 50대 이상에서는 46분 정도에 그쳐 나이가 들수록 급격히 청취 시간이 줄어들었다.[**] 즉, 청취율만 따지면 90년대 라디오는 최전성기까진 아니겠으나 젊은이에게는 핫한 미디어였다. 이른바 마지막 전성기라고 할까.

마지막 전성기 심야라디오는 내게 TV가 알려주지 않던 좀 더 있어 보이는 세계를 소개해준 통로였다.

[*] 홍찬식, "활기 되찾을 라디오심야프로", 〈동아일보〉, 1980. 3. 12.

[**] 김영욱, 〈라디오 방송 저널리즘의 현황과 가능성〉, 한국방송개발원, 1998. 12.

TV에서 댄스 음악이 큰 인기를 끌던 시절이었으나, 좋아하는 뮤지션 오빠들은 주로 라디오에서 발굴했다. 내 식대로 단순하게 구분하자면, TV는 잘생기고 춤 잘 추는 오빠들의 무대였고, 라디오는 말재간 있고 노래(혹은 연주) 잘하는 오빠들의 공간이었다. '동아기획'이나 '하나뮤직' 같은 레이블부터 타르코프스키나 왕자웨이 같은 영화감독까지 그 시절 심야라디오에서 배운 것이 적지 않다. 그 무렵 유행하던 PC통신으로도 사연을 받기 시작한 라디오에는 어른이 되기 직전 혹은 막 어른이 된 이들의 싱싱한 이야기가 넘쳐났다. 그렇게 얻은 귀동냥 일부가 지적 허세에 쓰였고, 또 일부는 취향의 밑거름이 됐을 것이다.

유튜브를 통해 조각조각 돌아다니는 90년대 심야라디오 방송을 다시 듣다가, 새삼 그 시절에 낭만이 넘쳤다는 것을 실감했다. 편지와 엽서, 팩스와 PC통신에 올라온 수많은 사연 중에는 연애, 이별, 짝사랑 같은 사랑 이야기부터 불투명한 미래에 대한 고민, 기성세대에 대한 불만까지 감상이 넘쳐났다. 지금 기준에서는 그 분량마저 꽤 길었다. 사연마다 차이가 크지만 어떤 건

800~1,000자 가까이 돼서 DJ가 읽는 데만 3분 가까이 걸릴 정도였다. 깊은 밤 수많은 이가 같은 숫자의 주파수를 맞추고 DJ가 들려주는 긴 사연과 음악에 귀 기울이는 풍경을 상상하면 어쩐지 마음이 몽글몽글해진다.

이제 라디오의 인기는 시들었고 특히 젊은이들은 더는 밤에 라디오를 듣지 않는다. 최근 만난 전직 라디오 PD는 "젊은 친구들이 밤에 할 수 있는 게 너무 많은 세상이 됐다"고 했다. 그래서인지 요즘 라디오 편성표를 살펴보면 주요 프로그램 DJ가 '라떼'의 언니 오빠들이라는 사실을 확인할 수 있다. 반가움이 드는 한편 옛날의 소년소녀만 남아 라디오를 지키고 있는 건가 싶어 쏠쏠함이 느껴지기도 한다.

한낮에도 '다시듣기'로 언제든 심야라디오를 소비할 수 있는 시대다. 요즘 잘나가는 심야라디오는 라디오보다는 인터넷 방송에 더 가까운 형식으로 진행된다. 긴 감상 대신 가벼운 유머가 넘친다. 사실 실시간 채팅이나 50원 짧은 문자와 100원 긴 문자에 감상이나 감정을 담은 사연을 늘어놓는다는 것 자체가 다소 비효율적인 것처럼 느껴지기도 한다.

즐길 거리가 많아진 세상이라지만 낭만은 좀 적어진 게 아닌가, 그리하여 이제 낭만이 사라진 시대가 됐다고 한탄하려다… 이건 너무 꼰대 같아 보여 고쳐 쓰기로 했다. '라떼'의 심야라디오가 알고 보면 그 매체의 최전성기가 아니었던 것처럼 누군가는 지금도 내가 모르는 또 다른 낭만을 짓고 있을 것이다. 그곳이 어디인지, 무엇인지 내가 알지 못할 뿐.

다만 대부분의 추억이 그렇듯 그들의 낭만 역시 세월이 지나 돌아보면 흔적을 찾기 어렵게 되어, 다들 쓸쓸해지는 건 아닐지 조심스럽게 추정해본다. 그런 점에서 보면 낭만이건 청춘이건 잃어버린 후에야 더 소중하고 애틋한 감정을 일으키는 것 아닐까.

카세트테이프 모양 USB를
주문한 이유

최근 〈피너츠〉의 찰리 브라운과 스누피가 그려진 카세트테이프 모양 USB를 충동 구매했다. 온라인서점에서 판매하는 굿즈였는데, 딱히 USB가 필요했던 건 아니었다. USB가 카세트테이프 모양 디자인이라는 사실 자체에 혹해 질러버린 것이다.

카세트테이프, CD, 디지털음원을 모두 경험했다. LP로 음악을 접한 적도 있겠지만 잘 기억나진 않는다. 아무튼 1990년대 내 기억 속 우리집 거실 전축에는 이런저런 버튼은 무척 많았는데 정작 LP를 틀 수 있는 턴테이블은 없었다. 10대 시절엔 대부분의 음악을 카세트 플레이어와 CD플레이어로 들었고 20대에 접어들면서 MP3플레이어 등으로 갈아탔다.

그중에서도 카세트테이프는 꽤 오랜 기간 음악을 전해준 매개체였다. 내 첫 음반은 아빠를 졸라 샀던 휘트니 휴스턴의 〈보디가드〉 OST와 프랑스의 네 살 꼬마 가수 조르디의 카세트테이프 앨범이었다. 왜 그 앨범들을 산 건지 기억이 안 나 당시 기사를 찾아보니 영화 주제곡 〈I'll Always Love You〉가 포함된 휘트니 휴스턴의 OST 앨범은 전 세계적으로 인기를 끌었고 국내에서만 116만여 장이 팔려 역대 OST 중 최고 판매량을 기록했다고 한다.* 그런 분위기가 막 10대에 접어든 초등학교 5학년생의 마음 역시 움직인 듯하다. 그렇다면 조르디는? 아마도 즐겨봤던 〈특종! TV 연예〉에 출연한 네 살 조르디가 깊은 인상을 췄던 게 아닐까 싶다. 실제로

---

* 　김갑식, "휘트니 휴스턴-머라이어 캐리 만화영화 〈이집트 왕자〉 주제곡 듀엣 음반 출시", 〈동아일보〉, 1998. 11. 18.

두 앨범을 얼마나 들었는지도 역시 기억이 안 난다. 다만 조르디의 대표곡, 우리말로 〈어린아이가 되기는 힘들어〉라는 그 노래는 또래 친구들 사이에서 마치 유행어처럼 번졌던 것 같다. 오랄라라 베베~ 뒤듀듀어 뽀떼삐~ 쪼꼼씨 쪼꼼싸 쪼꼼씨꼼싸~ 우리는 불어의 의미나 발음은 무시하고 그 노래를 그렇게 흥얼거렸다.

사실 90년대에 음악 좀 든다는 이들은 음질 변형이 없는 CD 앨범을 선호했다. 카세트테이프는 습기나 직사광선 등에 약하고 여러 번 반복해 들을 경우 릴이 늘어져 소리가 변형되는 단점이 있었기 때문이다. 10대 시절 나는 진짜 좋아하는 가수의 앨범은 CD를 사고 적당한 호감이 있는 가수의 경우 카세트테이프 앨범을 샀다. 가격 때문이다. 1990년대 CD 앨범은 만 원이 넘었던 반면 카세트테이프 앨범은 5,000원 이하였다. 게다가 당시 나는 휴대용 CD플레이어가 없어서 CD 음악 일부를 공테이프에 옮겨 마이마이로 들어야 했다. 그럼에도 굳이 CD 앨범을 산 이유는 좋아하는 가수에 대한 충성심 때문이었다. 좀 더 음악 애호가처럼 보이고 싶은 허영심도 한몫했다.

값싼 카세트테이프는 여러모로 이용가치가 높았다. 공테이프는 물론 문제집에 딸려 있던 영어 듣기 테이프 등 사용하지 않던 테이프는 좋아하는 음악들을 녹음하거나 내가 가진 앨범에서 엄정한 선곡 작업을 거쳐 나만의 편집 앨범을 제작하는 데 쓰기도 했다. 음질은 무척 별로였겠지만 막귀인 나는 그다지 개의치 않았다. 그렇게 만든 앨범을 친구들에게 선물하기도 했는데 친구들이 실제로 듣고 좋아했는지는 잘 모르겠다. 나는 그 제작 과정 자체를 하나의 놀이처럼 여기고 즐겼다.

2000년대 접어들면서 카세트테이프가 사라지고 MP3로 음악을 듣는 문화가 생겨나며 나 역시 엄지손가락만 한 MP3로 음악을 들었다. 이때부턴 다들 테이프를 복제하는 대신 희귀한 음원을 메일로 선물하거나 CD를 구웠는데, 이에 발맞춰 세상에선 불법복제음반 대신 음원의 불법유통이 새로운 문제로 떠올랐다.

음원 스트리밍 서비스가 정착한 지금은 테이프나 CD 같은 매개체가 불필요해졌고 요즘 아이돌 팬들에게 CD는 굿즈처럼 소비되는 분위기다. 그런데 아이러니한 것은 스마트폰으로 훨씬 다양하고 질 좋은 음악을 들을 수 있는데도 마이마이를 끼고 다니던 시절보다 되레 음악을 잘 듣지 않게 됐다는 것이다. 음악을 듣기보다는 뭔가를 검색하고 보는 시간이 더 많아진 것도 한몫했겠지만, 음악이 옛날만큼 소중한 무엇처럼 느껴지지 않는다는 게 중요한 이유 같다.

음악을 듣고 공유하기 위해 공들였던 시간은 그 음악들을 더 특별하게 만들었다. "너의 장미가 소중한 것은 그 꽃을 위해 공들인 시간 때문"이라는 〈어린왕자〉 속 여우의 말이 괜히 명언이 된 게 아니다.

이런 구구절절한 이유로, 뜬금없이 진짜 카세트테이프도 아닌 카세트테이프 디자인의 USB를 충동구매했다. 주문 하루 뒤 도착한 카세트테이프 모양 USB는 가운데 뚫린 구멍 두 개에 새끼손가락을 넣어도 돌아가지 않았다. 돌아간 시간을 되돌릴 수 없듯, 추억 역시 그대로 소환하기란 쉽지 않다.

한때는
오빠

1990년대에 10대였던 나는 그 시절 20대였던 X세대에 대한 환상이 있다. 멋진 언니도 많았겠지만 주로 이성인 오빠들에게 관심이 있었던지라 내게 90년대는 '오빠의 시대'로 통한다. 그리하여 대중문화에서 90년대 복고가 물꼬를 틀 무렵, 흠모를 가득 담은 팬레터 같은 기획 기사를 쓰기도 했다.

　…그 시절, 1990년대 초중반의 대학풍경은 '달랐습니

다'. (…) 오빠는 기억조차 못하는 '광주'에 대해 선배들을 따라 죄의식을 학습했지만 어색했고, 사발식은 어쩐지 불편했습니다. 서태지와 비슷한 연배였던 오빠는 그에 대해 "자긍심과 열패감을 동시에 가진 세대"입니다. 이념만큼이나 스타일도 중요했습니다. 오빠는 죠다쉬 청바지 대신 게스와 캘빈클라인을 입었고, 물들인 머리에 귀고리를 했습니다. 록카페를 드나들었고, 재즈음악을 들었습니다. (…) 이어폰으로 음악을 들으며 세상과 의도적으로 담을 쌓기도 했지만, PC통신으로 다른 관계를 맺고 다른 이야기를 갈구하는 사람이었습니다. 오빠는 집단 대신 개인의 이야기를 시작했습니다.˙

X세대와 90년대에 대한 향수를 가진 사람은 적지 않은 듯하다. 많은 인기를 얻었던 드라마 '응답하라' 시리즈나 〈슬기로운 의사생활〉 역시 이 향수와 맞닿아 있다(이 시리즈를 만든 1975년생 신원호 PD와 이우정 작가는 모두

•   구가인, "90년대 '낭만 학번'의 추억 장미 한 송이 들고 서성이던 오빠…", 〈주간동아〉(630호)

X세대다). 새로운 시리즈가 나올수록 시청률이 높았는데
이 시리즈들은 대부분 1990년대 전후를 배경으로 한
다. 〈응답하라 1988〉은 주인공 덕선(혜리)이 극중 고등
학교 2학년으로 10대 후반이고, 〈응답하라 1994〉는 주
인공 나정(고아라)이 대학교 1학년으로 20대 초반, 〈슬
기로운 의사생활〉의 주인공들 역시 99학번이니 비슷한
또래의 사람들, 대략 X세대 얘기다. 자신이 보낸 젊은
시절 이야기를 그토록 매력적으로 만들 수 있는 건 제
작진의 재주지만, 20세기 말 청춘은 이 시대 대중에게
노스탤지어를 일으키기에 좋은 조건을 갖고 있는 것도
같다.

X세대는 캐나다 작가 더글러스 쿠플랜드가 1991년
발표한 소설(《Generation X: Tales for an Accelerated
Culture》)에서 처음 만든 조어다. 이 말은 당시 신세대를
규정할 수 없어 난감해하던 마케팅 담당자들의 관심을
받았고 이어 대중매체에서 집중적으로 조명받게 됐다.
사실 X세대라는 용어의 '원조'인 영미권의 X세대
와 한국의 X세대는 다소 차이가 있다. 미국 X세대의 성

장기는 다소 암울하다. 베이비붐 이후 출산율이 급감했기에 X세대는 인구 면에서도 베이비부머에 훨씬 못 미친다. 1970년대 급증한 미국의 이혼율은 1980년대 정점을 찍었고, 1980년대 미국 경제는 깊은 불황에 빠졌다. X세대의 상당수는 성장기에 가족 해체와 부모의 해고를 경험했다. 미래 역시 불안했다. 직업 안정성이 낮은 저임금 노동자를 뜻하는 맥잡McJob이라는 말이 유행한 것도 이즈음이다.

한국 X세대의 상황은 꽤 달랐다. 이들은 한국의 베이비부머 다음 세대지만 인구에서 적지 않은 비중을 차지한다. 이들의 성장기에 한국은 전례 없는 경제 호황을 누렸고 이들이 대학에 입학할 무렵엔 정치적 민주화가 이뤄졌다. 해외여행 자유화나 정보통신 발달로 새로운 문화를 접할 기회도 많아졌다. 사회적으로 안정되어 높은 취업률과 다양한 문화적 혜택을 누리기도 했다. 밀리언셀러 음반과 영화관객 천만 시대, TV 시청률 60퍼센트 같은 기록들은 모두 이때 나왔다.

이런 분위기 속에서 한국 X세대는 기성세대와 구별되는 개성이 있었고 문화와 소비 영역에서 두각을 나

타냈다. 실제로 제일기획은 트렌드리포트에서 X세대를 "주위의 눈치를 보지 않는 개성파였으며 경제적 풍요 속에 성장했던 세대로 경제적으로 원하는 것은 무엇이든 얻을 수 있었던 세대"로 정의하기도 했다.* 그런데 나는 '풍요로운 소비자'로서만 한국의 X세대를 부각하는 건 충분하지 않은 것 같다.

유튜브에서 세상을 뜬 가수 신해철의 2집 〈Myself(서곡)〉에 실린 〈나에게 쓰는 편지〉를 우연히 듣다가, 뜬금없이 '한국 X세대의 정신'을 다시 한번 느꼈다. 무려 고흐와 니체가 등장하는, 1990년대 특유의 타령조 랩은 안정된 직장이나 은행구좌 잔고에 진짜 행복이 있냐고 묻는다. 1991년 스물세 살이었던 신해철이 자신의 또래들에게 다짐하듯 하고 싶었던 이야기가 아닐까 싶었다. 부와 사치를 자랑하는 게 더 이상 비난받지 않는, 이른바 '플렉스'가 유행하는 이 시대에 듣는 30년 전 젊은이의 목소리는 꽤 신선했다.

• 　김기란·최기호, 《대중문화 사전》, 현실문화, 2009.

1990년대는 한국사회 구성원들이 미래를 가장 낙관했던 시절이었다고 생각한다. 그래서 그때 젊은이들이 철없어 보일 만큼 자기 확신에 넘쳤던 게 아닐까. "이렇게 입으면 기분이 조크든요"라고 시크하게 뉴스 인터뷰를 하는 배꼽티 언니나 〈난 알아요〉를 부르는 서태지에게선 남과 다른 선택을 자부하는, 미래를 낙관하는 사람들만이 뿜는 아우라 같은 게 있다. 그들의 움직임에 종종 엉덩이를 들썩거리며 10대를 보낸 나는 그래서 TV 속 오빠부터 동네 오빠까지, 그 시절 오빠들에 대한 로망을 품을 수밖에 없었다.

하지만 대학까지 그럭저럭 유지됐던 오빠들에 대한 환상은 세월이 흐를수록 바래졌고, 때로는 와장창 깨지기도 했다. 덕질의 대상이던 뮤지션 오빠들은 불미스러운 소식으로 뉴스에 등장했고 나는 어떤 이의 표현대로 '내가 사랑했던 그들도 결국 인간'이라는 사실을 깨달았다. 주변의 다른 오빠들도 그들의 앞 세대가 그랬듯 그냥 그런 속물이 됐다.

흔히 1997년 IMF를 한국사회의 중요한 분기점으로 본다. 좋은 시절에 태어났다고 여겨지던 X세대들도 이 시기를 거치며 세상의 쓴맛을 느꼈을 것이다. 그들의 패기와 낭만이 어떤 시기를 기점으로 무너져버렸다는 건 가슴 아픈 일이기도 하다. 비단 IMF 때문만은 아닐 것이다. 파격의 X세대가 기성 조직으로 들어가서 겪은 에피소드들을 듣다 보면 짠내가 나다못해 쓰기까지 하다. 누구는 저녁마다 술자리에서 윗분의 시중을 들었다. 주말 단체 산행은 예삿일이었고 출장 때문에 아이의 출산을 지켜보지 못했다. 누구는 상사의 가족 심부름까지 했고, 또 다른 누구는 여자라며 커피를 나르고 찻잔을 씻었다. 세월의 맛은 더 쓰다. 세상은 이제 그들을 '꼰대'라고 부르니 말이다.

역시 90년대 캠퍼스를 배경으로 한 영화 〈건축학개론〉의 포스터 문구는 "우리 모두는 누군가의 첫사랑이었다"였다. 이 문구에 아저씨들이 설렜다는 이야기를 들었을 때 소리 내 비웃었던 나였지만, 그 말을 곱씹다 어느 순간 마음이 쓸쓸해졌다. 어른이 된 후 세상에서 만난 X세대 남성 상당수는 대부분 그다지 아름답지 않았다. 누군가는 야비했고 누군가는 지질했다. 하지만 그들에게도 아름다운 시절이 있었을 것이다. 그 시절을 세월에 잃어버렸다고 생각하면 동병상련 때문인지 그에 대한 미움과 분노가 다소간 가라앉곤 한다.

만일 이 글을 읽는 당신이 주변 X세대 아저씨의 혐오스러운 행동으로 분노를 느끼고 있다면 그가 잃어버린 젊은 날을 상상하길 권한다. 저 배도, 저 기름기도, 저 머리숱도 지금과 다른 시절이 있었다고 생각하면 서글픔과 함께 조금 관대해질 것이다. 혹은 당신이 그 X세대라면 그 시절을 기억하고 종종 자기반성을 하면 좋겠다. 그러니까 당신도, 한때는 오빠였지 않나.

굴렁쇠 소년의
성장

이 어린이는 1981년 9월 30일 바덴바덴에서 서울올림
픽 개최가 발표되던 날 태어난 어린이 가운데 88호돌이
로 뽑힌 윤태웅 어린이로 서울 잠원국민학교 1학년 학
생입니다. **88 서울올림픽 개막식 중계 중**

굴렁쇠 소년과 같은 해에 태어났다. 1988년 서울
올림픽 개막식에서 홀로 굴렁쇠를 굴리던 그 아이 말이
다. 서구 국가들과의 시차를 고려한 탓인지 그해 개막

식은 이례적으로 낮 시간에 열려서 온 가족이 점심을 먹으며 함께 TV를 봤다. 당시 어른들이 "전두환이 여기 못 나와서 얼마나 아쉬웠겠냐"며 낄낄거렸던 기억도 난다. 서울올림픽이 열리던 해 한국에는 최초의 직선제 대통령이 취임했고, 직전 대통령이자 올림픽을 유치한 전두환은 이른바 '5공 비리'가 알려지며 개막식에 초대받지 못했다.

하지만 내 기억에 특히 남은 이는 나와 같은 또래의 굴렁쇠 소년이었다. 그가 서울에 사는 국민학교 1학년이라는 사실을 알았을 때 부러우면서도 자랑스러웠던 것 같다. 내 나이가 이 나라의 미래를 대표한다는 사실을 확인받은 느낌이랄까. 알려진 것처럼 그날 굴렁쇠 소년 윤태웅 어린이는 실수 없이 깔끔하게 마무리하며 많은 이에게 깊은 인상을 남겼다.

1988년 서울올림픽 개·폐막식 총괄기획자였던 고 이어령 선생은 굴렁쇠 소년과 관련한 생전 인터뷰에서 "한국 하면 떠오르는 전쟁고아의 이미지를 깨부수고 싶었다"며 "그 편견을 일순간에 날려버리려면 강렬한 장면이 필요했다"고 이야기했다.* 그런 의미에서 굴렁쇠

퍼포먼스는 한국이 올림픽 개최지로 선정된 후 7년 사이 한국 아이가 이렇게 번듯하게 잘 자랐고 앞으로도 더 크게 성장할 것이다, 같은 선언처럼 보이기도 한다.

한국의 수많은 1980년대생 아이들은 사회에서 혹은 그들의 가정에서 그런 기대와 바람을 받고 성장했다. 1960~1970년대 한국이 굶지 않는 세상을 꿈꾸고 일궈냈다면 1980년대 한국은 민주화에 대한 열망과 더불어 좀 더 세련된 삶을 동경했다고 생각한다. 그리고 이후 한국은 그 두 가지를 모두 이뤄냈다.

서울올림픽이 이 성취에 꽤 중요한 역할을 했다는 사실은 좀 더 자라서 알게 됐다. 1980년대 한국, 특히 서울은 올림픽 유치를 계기로 급격히 변화했다. 한강종합개발이 추진됐고 서울 지하철 주요 노선도 이즈음 완공됐다. 예술의전당과 국립현대미술관 과천 등이 문을 열었고 각종 도시정비 사업이 추진됐다. 아파트 단지가 들어서고 컬러 TV와 '마이카' 시대, 외식 문화를

• 김민희, "이어령의 창조 이력서: 88올림픽 굴렁쇠 소년 탄생 비화", 〈주간조선〉(2413호)

비롯한 중산층 담론이 유행한 것도 모두 1980년대의 일이다. 거칠게 표현하면, 과거 어려웠던 집안의 가세가 급속히 피면서 남부럽지 않게 사는 모습을 자랑하려 열린 잔치가 바로 서울올림픽 아니었을까 싶다.

보여주고 싶은 모습과 진실 사이에는 늘 간극이 있다. 당시 개발도상국인 한국은 빠른 경제성장을 하고 있었지만, 모두가 그 혜택을 누렸던 건 아니다. 정치적으로는 여전히 암울했다. 잔칫집 어딘가에 감춰둔 짐꾸러미들이 적지 않았던 것이다.

서울올림픽 30주년 특집으로 제작된 다큐멘터리 〈88/18〉(2018)을 보다가 1980년대 한국사회가 올림픽을 명분으로 스스로를 꽤 혹독하게 채찍질 했다는 사실을 새삼 깨달았다. 1980년대 방송에서 한 기자는 "올림픽을 앞두고 외국인의 눈으로 우리나라를 적나라하게 살펴보겠다"며 서울 시내 곳곳을 찾아가서는 "아직도 미개한 상태가 많다"고 거침없이 말했다. 그는 청결하지 못한 호텔 식기나 서구인 체형에는 너무 작아 보이는 욕조를 비판하는가 하면, 서울 시내 골목길의 너저분

한 분위기를 지적했다. 우리가 부끄러워한 우리 모습 중에는 주로 미관이나 기본적인 공중도덕과 관련된 게 많았던 것 같다. TV에서는 '코리안 타임'을 지적하거나 새치기와 무단횡단, 쓰레기 무단투척, 노상방뇨 같은 공중도덕 문제를 담은 고발 뉴스가 자주 나왔다. 선진국 손님들에게 부끄럽지 않도록 문명화된 시민처럼 보이는 게 시급한 과제였다.

그러나 이런 바람으로 시작한 대의를 위한다는 행보는 때로 폭력적이었다. 가시권 우선 개발 정책에 따라 올림픽 성화가 지나가는 지역에 철거민이 생겨나서 〈상계동 올림픽〉 같은 다큐멘터리가 나왔던 것도 1988년의 일이다. 당시 인터뷰에 나선 시민들은 "철거민은 안됐지만 올림픽도 있는데 외국인이 와서 볼 때 미관상으로 좋지 않을 것"이라는 말을 스스럼없이 했다. "우리에게 지금 올림픽만큼 중요한 것은 없다"는 논리가 전 사회적으로 통용될 수 있는 시절이었다.

사실 내가 살던 곳은 가시권에서 벗어난 미개발 지역이었다. 올림픽 전후로 지방 소도시에도 정수라의 〈아! 대한민국〉, 조용필의 〈서울 서울 서울〉 같은 노래가 울려퍼지긴 했지만 주변 도로는 대개 비포장이었다. 1980년대 후반엔 소도시에도 아파트가 급증했지만 슬레이트 지붕 아래 재래식 화장실을 쓰는 집도 적지 않았다. 생활 역시 중산층이라고 부르기엔 민망한 구석이 많았다. 올림픽 이후 지방에도 시민문화회관이 세워졌지만 그 공간을 채울 공연이나 전시는 부족했다. 사실 지방에선 서울 예술의전당이나 국립현대미술관보다 천안 독립기념관이 물리적으로나 심적으로 더 가까운 곳이었다. 온 친척이 버스를 빌려 새로 문 연 독립기념관을 단체 관람했던 기억도 있다.

접근성으로 보면 그 시절 지방과 서울은 해외만큼이나 멀리 떨어진 곳이었지만 서울올림픽을 앞두고 몹시 달떴던 건 지방도 다르지 않았다. 세계가 우리를 바라보고 있다는 것, 그러니 세계에 부끄럽지 않은 모습을 보여야 한다는 이야기는 서울올림픽 '가시권 밖' 지방 소도시에 살던 나도 자주 들었다.

자긍심과 열등감이 혼재된 듯한 이런 분위기는 서울올림픽 이후로도 꽤 오랫동안 이어졌다. 우리는 올림픽 같은 큰 국제 행사를 성공적으로 치러낸, 선진국을 코앞에 둔 개발도상국 국민임과 동시에 아직 선진국을 따라잡기에는 부족한 존재였다. 드문드문 신문이나 방송, 혹은 교장선생님 훈시 등에서 '어글리 코리안Ugly Korean' '부끄러운 한국인' '부족한 국민성' 지적과 미국과 일본 같은 선진국의 사례를 들었다. 국제화에 대한 열망은 더욱 강해져서 듣고 말할 수 있는 영어 실력을 강조하는 분위기도 생겼다. 교육열이 그리 높지 않은 지방이었지만 어떤 친구들은 윤선생 영어 같은 학습지를 풀고 전화 영어를 했다. 중학교 영어 선생님은 자신도 그다지 발음이 좋지 않았건만 F와 P 발음을 구별 못하는 학생들에게 매를 들었다.

굴렁쇠 소년의 나라는 당시 어른들의 기대만큼 혹은 그 이상으로 성장했다. 개발도상국 시절을 거쳐 선진국으로 진입한 한국은 월드컵, 동계올림픽을 비롯해 숱한 국제 행사를 치렀고 이제는 오히려 적자의 가능성 때문에 대형 행사를 유치해도 싸늘한 분위기가 형성될 정도다. 사회 구성원들도 한층 성숙해졌다. 적어도 올림픽 같은 국가 행사를 위해 개인이 희생해야 한다고 목소리 높이는 이는 없다. 외국인에게 "두 유 노 강남스타일?" 같은 질문을 퍼붓던 시기를 지나, 한국 가요나 드라마 같은 K콘텐츠가 어느 때보다 주목받는 지금은 되레 '자랑스러운 한국' 식으로 국가의 성취를 내세우는 발언들이 촌스럽게 여겨진다. 대한민국은 발전했고, 성숙했으며, 세련돼졌다.

세계에 부끄럽지 않은 수준에 오르기 위해 그 시절 우리가 스스로에게 얼마나 많은 채찍질을 했는지 가늠하다 보면 한편의 블랙코미디 같기도 하다. 그럼에도 마냥 실소를 보내기 어려운 건 나 역시 서울올림픽 개막식을 보고 가슴이 벅찼던 마지막 개발도상국 키드, 1980년대의 어린이였기 때문이다. 나는 여전히, 해외에 나가면 혹여 '어글리 코리안'으로 보이진 않을까 괜히 더 신경을 쓰고 모르는 외국인이 BTS나 〈오징어 게임〉을 좋아한다고 하면 살짝 흐뭇해진다. 그러고 나서는 이런 스스로가 촌스럽다고 자각하곤 한다. 이 모순 역시 1980년대가 그 시절 아이들에게 남긴 유산일 것이다.

싸이월드와 인스타그램 사이

오래전 유명 자매 드라마 작가를 인터뷰한 적이 있다. 지속적으로 트렌디한 작품을 내는 비결을 물었던가. 당시 그들이 했던 한마디가 잊히지 않는다. "이 바닥은 한번 버스를 놓치면 다음 차를 못 타요. 그러니까 절대 쉬면 안 되는 거죠."

비단 드라마만 그렇겠나. 최근 온라인뉴스 콘텐츠 관련 팀에 몸담게 된 나는, 요즘 그 말을 자주 떠올린다. 우리 팀은 업무 특성상 SNS 같은 새로운 플랫폼에 대한 이해가 중요한데, 나의 마지막 SNS는 무려 싸이월드였다. 버스를 한 번이 아니라 수십 번은 놓쳤다. 이쯤 되면 그냥 승차를 포기했다고 간주해도 좋을 수준 아닌가.

그렇다고 내가 알렉스 퍼거슨 감독처럼 "SNS는 인생의 낭비"라고 외칠만한 철학과 뚝심이 있는 것도 아니다. 오히려 늘 버스에 오르지 못하면서도 계속 정류장 주변을 배회하는 쪽에 가깝다. 버스 또 놓쳤네. 근데 괜찮아. 다른 버스가 올 텐데, 뭐.

왜 나는 미련스럽게 이 정류장을 떠나지 못할까. 비단 일 때문만은 아니다. 일찍이 디지털에 밝았던 한 선배는 트위터와 페이스북이 등장했던 10여년 전 선지자처럼 내게 이런 이야기를 설파했다. "열심히 해라, 앞으로는 이게 진짜 중요해질 거다."

그 말이 마음에 콕 박혔으나, 타고난 '아싸'인 내겐 새 미디어로 목소리를 내는 게 어려운 숙제처럼 느껴졌다. 숙제는 숙제인지라 늘 어떤 SNS가 좀 뜬다 하면 계정을 만들긴 했지만 유령처럼 들락거리기만 할 뿐이다. 그래서 나는 트위터와 페이스북, 인스타그램에 각각 2개의 계정을, 밴드와 카카오스토리와 틱톡 등에도 계정을 갖고 있다. 기사에서 혹은 나보다 젊은 누군가와 이야기를 하다 낯선 플랫폼을 접하면 '아, 그럼 나도 해야 하나…' 싶은 마음으로 계정을 만들고 아이디와 비번을 또 까먹고 다시 개인정보를 확인하는 복잡한 과정을 거쳐 다시 로그인하고, 프로필 사진을 바꾸다 말다 하다가 다시 닫는 과정을 몇 번이나 반복한다. 갈수록 개인 브랜딩이 중요해진다는데, 이 시대에 이걸 안 하면 도태될지도 모르는데, 아이고 그러니까 애초에 버스를 놓치면 안 됐던 건데…!

요즘엔 뒤늦게 인스타그램을 관심 있게 훔쳐보는 중이다. 인스타그램을 풍문으로만 알던 시절, 나는 이 플랫폼이 이미지와 감성을 내세웠다는 점에서 싸이월드와 비슷한 것 아닐까 생각했다. 내게 싸이월드는 유일하게 숙제 같지 않은 SNS였어서 '싸이질'을 하느라 정작 해야 할 숙제를 놓칠 때가 많았다. 그래서 인스타는 좀 할 수 있지 않을까 생각했지만 1980년대생이 1990년대생에게 '알고 보면 우리는 같은 세대'라고 말하는 게 상당한 착각과 오해에서 비롯된 것처럼, 싸이월드와 인스타그램은 들여다볼수록 다른 플랫폼이었다.

스마트폰 등장 이후 세상에 나온 인스타그램은 애초에 운영체제가 스마트폰에 특화돼 있다고 한다. 최근까지 인스타그램은 PC를 통한 글쓰기가 불가능했다는 이야기를 처음 들었을 때 내가 보인 반응은 이랬다. "아니, 그럼… 일기 같은 구구절절한 심경은 어떻게 기록하지?" 특히나 충격이었던 건 인스타그램 스토리는 하루 만에 사라진다는 사실이었다. "아니, 그럼… 그렇게 사라질 걸 대체 왜 올리는데요?"

싸이월드 미니홈피 다이어리에 '비밀 없는 비밀일기'를 써왔던 내게 SNS란 친목과 더불어 기록의 의미가 강했다. 그래서 "페이스북의 핵심이 '친목'이고 트위터의 핵심이 '의견'이라면 인스타그램은 '경험'"•이라는 말을 접하고선 다소 어리둥절할 수밖에 없었다. 이런 내가 답답했던지, 블로그와 트위터, 인스타그램, 페이스북을 모두 하고 있다는 20대 J는 차근차근 설명을 해줬다.

• 　사라 프라이어 지음, 이경남 옮김, 임정욱 감수, 《노 필터》, 알에이치코리아, 2021.

J: 그러니까, SNS별로 조금씩 기능이 다른 거예요. 말씀
하신 싸이월드가 저한테는 블로그와 비슷해 보여요.
저는 블로그에 진짜 친한 친구만 볼 수 있는 이야기
를 쓰거든요. 트위터는 좋아하는 아이돌 소식 접하려
고, 인스타그램은 대학 친구들 소식이나 유행하는 맛
집 같은 걸 알아보는 용도로….

나: 아하, 그러니까 TV로 치면 지상파 3사와 종편, 케이
블처럼 각기 다른 수많은 채널을 이용한다는 뭐 그
런 얘기인가요?!

J: 네, 뭐… 그렇다고도 할 수 있죠.

착한 J는 TV세대의 낡은 비유에도 어색하게 맞장
구를 쳐줬다.

공들여 썼던 싸이월드 게시물이 사라져서 허망했
다는 내 회상에 또 다른 20대 S는 "시간과 정성을 들여
SNS 업로드를 하는 편이 아니라 게시물이 사라져도
별로 아쉬울 것 같지 않다"고 했다. "어떤 친구들은
인스타그램에 사진을 올렸는데 피드 색감이 통일된
것 같지 않으면 일부러 삭제하기도 하거든요. 그래서

최근에는 사진을 올리는 것보다 24시간만 유지되는
스토리를 선호하는 사람이 많은 것 같아요."

그러고 보니 SNS를 두고 기록과 추억을 이야기하
는 것이야말로 다소 '옛날사람'의 태도일 수 있겠다는
생각이 든다. 이 시대의 SNS란 과거 편지나 전화처럼
소통 도구 혹은 표현 수단이다. 소통하고 표현하기 위
해 올리는 방대한 사진과 글 등을 모두 기록과 추억으
로 간직한다는 건 애초에 불가능한 일일 것이다.

사실 그토록 기록과 추억에 집착하는 듯했던 나 역
시 정작 싸이월드가 재개장했다는 소식을 듣고도 한참
을 방치했다. 그러다 최근 어렵사리 싸이월드에 접속했
을 때는 마치 판도라 상자를 연 기분이었다. 약 7500일
전 에 만난 우리 사이는, 감추고 싶은 흑역사로 가득했
다. 그 촌스러움과 자의식 과잉에 당황한 나는 황급히
미니홈피 공개범위를 비공개로 바꿨다. 〈TV는 사랑을
싣고〉 시절과 비교하면 추억의 몸값은 다소 떨어졌다.
이제 어떤 추억은 못 찾는 게 아니라 안 찾는다고 하는
편이 옳다.

그럼에도 1982년생 지인은 '평생 하나의 SNS만 한다면 무엇을 선택할지'를 묻자 싸이월드를 택했다. 이런저런 SNS를 바지런히 해왔던 그가 싸이월드를 택한 이유는 단순했다. "싸이월드가 좋은 게 아니라 '싸이질' 했던 그때 내 나이가 좋은 거지!"

만일 SNS로 세대를 나눈다면, 순수하게 '~~질'이 가능했던 플랫폼이 무엇인지가 기준이 돼야 할 것이다. 그 기준을 적용하면 나는 어쩔 수 없는 싸이월드 세대다. 인정하기 싫지만, 버스는 떠나버렸다.

세계를 다시 만날 수 없는 자의 슬픔

회사가 서울 광화문 일대에 있어서 집회와 시위를 자주 목격한다. 주말 근무 중 대규모집회가 열리면 확성기 소리가 너무 커서 수험생들이 쓰는 귀마개를 껴야 할 정도다. 그러니 의도하지 않아도 집회에서 틀어주는 음악에 귀를 기울이게 된다.

집회 음악에는 참가자들의 세대와 배경이 배어 있다. 크게는 민중가요와 대중가요, 군가, 종교음악 식으로 갈래가 나뉘는데, 요새는 정치적 성향을 가리지 않고 부쩍 대중가요의 비중이 커졌다. 대중 참여가 높았던 촛불집회의 영향을 받은 게 아닌가 싶다. 다만 대중가요를 튼다고 해도 집회 성격에 따라 포크냐 트로트냐 등 장르적으로 차이는 있다. 노래에 시대배경 같은 게 또렷이 드러나기도 한다.

대충 관찰한 경험으로 보자면, 오랫동안 집회에서 불리는 대중음악의 다수는 1970~1980년대 노래가 많았다. 〈아침이슬〉 〈솔아 솔아 푸르른 솔아〉 〈아! 대한민국〉 같은 노래다. 누군가는 민주주의의 염원을, 다른 누군가는 경제성장의 희망을 담아 이 노래들을 불렀다. 2000년대에는 진보단체 집회가 많았다면 2010년대 중반 이후 광화문에는 보수단체 집회가 늘었다. 보수단체 집회 참가자들은 주로 트로트를 선호하는데 나훈아의 〈테스형〉 같은 요즘 곡이 들리기도 하지만 대세는 1980년대 건전가요다. 토요일 점심시간 무렵 광화문에는 김연자의 〈아침의 나라에서〉 같은 노래들이 쿵짝쿵짝 울린다.

광화문 거리를 걷다 은연중에 〈아침의 나라에서〉 후렴구를 따라 부르는 내 모습에 화들짝 놀란 적이 있다. 어째서 나는 30여년 전 노래를 따라 부를 수 있단 말인가…. 이 노래를 알고 있다는 사실을 부정하고 싶은 마음이 드는 한편, 노래의 흡인력이 그만큼 엄청나다는 생각도 했다. 나중에 찾아본 자료에 따르면 당대의 스타 작곡가 길옥균과 작사가 박건호가 만든 이 노래는 1986년 아시안게임 주제곡으로도 불렸고 무려 1987년 '건전가요 대상'을 탔다고 한다.

　젊은 시절 이 노래를 들었을 이들은 지금도 광장에서 깃발을 흔들면서 '웃샤웃샤'했다. 그들 사이를 지나면서 집회에는 나름의 대의 못지않게 '웃샤웃샤' 분위기가 중요하다는 생각을 다시금 했다. 덥거나 추운 주말 연세 지긋한 분들이 거리에 모이는 건 각자 나라 생각하는 지극한 마음도 있겠지만, 뜻을 같이하는 이들과 함께 구호를 외치고 깃발도 흔들고 그러면서 묵힌 스트레스도 풀고… 뭐 그런 게 아닐까 하는 생각 말이다.

　최근에는 이제껏 들리던 노래와 다른 스타일의 노래를 들었다. 한 50대 남성 정치인 팬덤 집회에서 젊은 여성 무리가 떼지어 불렀던 그 노래는 소녀시대의 〈다시 만난 세계〉였다. 후렴구에 이르러서야 그 노래가 소녀시대의 노래라는 사실을 어렴풋이 깨달은 나는 그럼에도 정확한 제목을 떠올리지는 못했다. "그러니까 이노래가, 소녀시대의 〈다시 만난 세상〉이었던가?"

나는 이 노래를 따라 부르지 못했다. 정치적 지향 차이와 별개로 후렴구 딱 한 소절 외엔 가사를 모르기 때문이다. 이날 나와 함께 사무실에서 이들의 떼창을 고스란히 들어야 했던 20대 동료 S는 소음에 괴로워하면서 "제일 좋아하는 노래인데 저렇게 부르니까 화가 난다"며 불만을 토로했지만, 나는 내가 그 노래를 자연스럽게 따라 부를 수 없다는 사실이 은근 신경 쓰였다. 나 옛날엔 유행가 좀 아는 여자였는데….

〈다시 만난 세계〉는 소녀시대의 데뷔곡이다. 이 노래는 2016년 이화여대 평생교육 단과대 설립 반대 농성에서 불리며 화제가 됐고 2020년 태국 반정부 집회에서도 불린 바 있다. 그리고 이젠 정치인 팬덤에서도 쓰이는 것이다. 사실 2007년 소녀시대가 데뷔할 즈음 나 역시 20대긴 했지만 나보다 어린 아이돌 친구들의 세계에는 그다지 관심이 없었다. 오히려 소녀시대의 위력을 실감한 건 〈Gee〉가 나온 2009년 이후였던 것 같다. 그러니 어떤 세대에겐 이 노래가 집회에서 떼창 할수 있을 만큼 강력한 대중성을 갖췄다는 게 내 딴엔 꽤 충격이었다. 만일 누군가가 노래 단 두 곡으로 세대를 가른다면, 나는 〈아침의 나라에서〉는 따라 부를 수 있는데 〈다시 만난 세계〉는 따라 부르지 못하는 세대인 것이다. 나의 푸념에 남편은 이런 위로를 했다. "어떻게 여섯 살에 나온 노래는 기억하고 스물일곱 살에 나온 노래는 기억을 못하겠어. 그냥 가사가 어려워서 못 외우는 거야." 하지만 그건 남편 역시 〈다시 만난 세계〉를 외우지 못하기 때문에 하는 말이다.

좀 궁금하긴 하다. 왜 이 시대 집회의 음악은 대중음악의 전성기라고 불리는 1990년대 가요는 건너뛴 것일까. 2000년 이후 나온 수많은 노래가 1990년대 가요를 리메이크하는데 정작 집회에서는 그 시절 노래를 부르지 않는다. S.E.S.나 핑클의 노래가 나온다면, 나 역시도 절로 흥얼거렸을 텐데 말이다. 90년대 노래는 사랑얘기 위주라 시대정신이 부족하다고 할지도 모른다. 아니, 그럼 〈다시 만난 세계〉가 품은 시대정신은 당최 뭐란 말인가.

10대 소녀 비밀일기 같은 〈다시 만난 세계〉 가사에서 도통 시대정신을 못 찾은 나는 뮤직비디오도 챙겨봤다. 90년대 홍콩영화 분위기가 나는 뮤직비디오에선 경비행기를 몰고 스쿠터를 수리하며 그림을 그리고 발레를 하고 커피도 내리는 등 열일 하는 소녀들의 예쁜 모습이 격렬한 춤과 함께 이어졌다. 그러니까, 이 노래의 메시지는 결국… '걸스 캔 두 애니띵Girls can do anything'인 건가?

단둘만 남아 야근을 하던 어느 밤, 나는 S에게 대체 이 노래가 왜 '최애' 곡인지, 왜 당신 또래 젊은이들은 이 노래를 집회에서 부를 만큼 좋아하는 건지 은밀하게 물었다. "그러니까 이 노래에 무슨 시대정신이 있는 거죠?" 내 뜬금없는 질문에 당황한 듯했던 S는 얼마 뒤 시대정신 같은 건 모르겠고 직접 불러보면 노래의 매력을 알 수 있다고 했다. "이 노래는 노래방에서 불러봐야 진가를 느낄 수 있어요. 마이크를 잡고 부르다 보면 어느 부분에서 희열이 느껴지거든요. 그런 게 집회에서도 통한 거 아닐까요?"

10대 때 2세대 아이돌의 노래를 듣고 성장한 S는 당시 많은 아이돌의 노래가 같은 가사를 반복적으로 사용하는 훅송^{hook song}이었던 반면 〈다시 만난 세계〉는 애니메이션 주제가처럼 점진적인 감정의 고조를 이끈 몇 안 되는 곡이라는 설명도 덧붙였다. 결국 중요한 건 메시지가 아닌 '웃샤웃샤' 느낌 그 자체였던가. 그의 설명을 듣고 고개를 주억거리다가 그런데 왜 하필 소녀시대였는지 되물었다. 아무리 훅송이 유행이었다지만 그 시대 다른 아이돌들도 그런 노래 한두 곡쯤은 부르지 않았을까? 잠시 생각한 S가 답했다. "글쎄요. 굳이 꼽자면 동방신기의 〈풍선〉? 그 정도?"

나는 속으로 '〈풍선〉은 원래 다섯손가락(1984년 데뷔한 한국 록밴드) 노랜데…'라고 생각했지만 차마 그 얘기 입 밖으로 꺼내지 못했다.

혹시
IMF 알아요?

저마다 세대를 가른다고 생각하는 자신의 사건이 있다. 대학 입학이나 회사 입사 후 술자리에서 선배들은 나 같은 신입 꼬꼬마들을 생경한 눈빛으로 보며 너도 그 사건을 기억하냐고 물었다. 이를테면 "너는 광주사태를 모르겠구나" "88올림픽 때 몇 살이었니" "야, 내가 대학 들어갔을 때 그럼 너는…" 같은 이야기들. 그런 자리에서 언급되는 사건의 대부분은 아주 멀진 않은 과거에 있는, '나는 생생하게 기억하지만 왠지 너는 잘 모를 것 같은' 애매한 시기에 있는 것들이다. 그렇게 큰 사건도 이제 슬슬 잊히는 거지? 그러니까 세상은 달라졌고 나는 조금 더 늙은 거지? 대략 그런 사실을 굳이 확인하려는 질문 같기도 했다.

나는 요즘 친구들을 만나면 "IMF 알아요?"라고 묻는다. 회사 인턴이나 신입 등 요즘 내가 만나는 1990년대 후반부터 2000년대 초반에 출생한 친구들 대부분은 "이후에 태어났지만 이야기는 들었어요" 혹은 "금 모으기 같은 거?"라고 답한다. 아마 내가 "1987년엔 일곱 살이었지만 길에서 최루탄 냄새는 맡아봤어요"라고 말한 것과 비슷한 마음이겠지, 가늠해본다.

내게 드라마 〈스물다섯 스물하나〉의 나희도(김태리)처럼 "내 꿈을 빼앗은 건 시대"라고 할 만큼 IMF와 관련한 특별한 사연이 있는 것도 아니다. 은행을 다니던 어머니가 그즈음 명예퇴직을 했고 어머니의 실직은 분명 불안한 일이었지만, 그 시기에 이 정도 경험을 남다르다고 내세우기엔 민망한 면이 있다. 집집마다 정도는 다를지언정 이런저런 불안을 품던 시기였다. 아마도 그런 전 사회적 불안을 뇌가 젊은 10대 시절 겪었기에

IMF라는 말이 좀 더 또렷하게 남은 게 아닐까 싶다.

그래서 안은별의 인터뷰집《IMF 키즈의 생애》(코난북스, 2017)를 접했을 때 괜히 반가웠다. '아, 당신도 그 시기 키드였군요. 저도 그렇습니다만…' 같은 마음. IMF 때 10대였던 내 또래 일곱 명의 이야기를 담고 있는 책인데, 사실 내가 그렇듯 그들이 지나온 궤적 역시 딱히 IMF와 직접적인 연관성을 찾긴 어려워 보인다. 그럼에도 출신지나 학력, 직업과 계층 등이 각기 다른 이들의 인터뷰에는 공감되는 부분이 많았다. 저자의 표현대로 그들이 나와 "시대의 공기"를 함께 나눴던 이들이라서 그런지도 모르겠다.

어쩌면 그 시기 우리가 같이 혹은 다르게 품어온 거대한 불안이 IMF라는 말로 환원된 것 같기도 하다. 불안의 종류는 다양했다. IMF 몇 년 전엔 성수대교와 삼풍백화점이 붕괴됐다. 급속히 발전하며 낙관이 넘쳐나던 한국사회가 알고 보니 무너진 다리와 백화점처럼 기본이 안 돼 있었다는 걸 깨닫게 해준 사건이 IMF였다. 수많은 사람이 일자리를 잃었고 누군가는 몰락했다. 지나고 보니 또 다른 누군가는 기회를 잡기도 했다는 걸 깨달았는데, 당시엔 몰락의 처참함이 너무 강렬해 대부분의 사람은 웅크렸다.

그때 나는 고등학생이었어서 의대와 교대, 사범대의 인기가 높아지며 합격 커트라인이 치솟았던 기억이 먼저 떠오른다. 불안이 들끓는 사회에서 안정적인 밥벌이는 무엇보다 우선시될 수밖에 없었다. 대학에 들어와서는 '신자유주의'라는 말이 유행처럼 번졌다. 젊은 세대의 고용불안을 상징하는 '88만원 세대'나 연애, 결혼, 출산을 포기했다는 '삼포세대' 같은 말도 그 후에 나왔다.

2001년 8월 한국정부가 국제통화기금^{IMF}으로부터 받은 구제금융을 모두 상환하며 IMF는 일단락됐다. 회복된 한국경제는 2008년 글로벌 금융위기에도 비교적 선방했다는 평가를 받았지만 내게는 이후에도 IMF에 대해 한 번 더 생각하게 된 계기가 있었다.

2014년 초 20대 초반 대학생을 대상으로 가장 기억에 남는 사건이 무엇인지에 대한 설문을 진행했다. 대학가에서 한국사회의 비정규직 문제, 양극화 등에 대해 지적하는 이른바 '안녕들하십니까' 대자보 운동이 불었던 직후였다. 주관식으로 진행한 설문에서 가장 많은 이가 적은 답변은 'IMF 구제금융 사태'였다.[*] 2008년 광우병 촛불시위, 2002년 한일 월드컵 등이 그 뒤를 잇긴 했지만 답변자 대부분이 1990~1995년생인 상황에서 10대 청소년기도 아닌 어린이, 유아 시절 발생한 IMF를 가장 기억에 남는 사건으로 꼽았다는 게 신기했다.

많은 시간이 지난 지금 또다시 생각해보니, 1990년대 초반 출생한 그 시기의 20대가 IMF에 대한 기억을 소환한 것은 IMF 이후 형성된, 이른바 '포스트 IMF 체제'에서 더 치열해진 경쟁을 치러야 하는 현실에 대한 불안 혹은 불만의 다른 표현처럼 느껴진다.

10여년 전 취재차 노량진 패스트푸드점에서 만난 20대 공무원 준비생은 "대단한 꿈을 꾸는 것도 아닌데 왜 이렇게 힘든지 모르겠다"고 말했다. 나는 그와 유사한 이야기를 지금 청년들에게서도 종종 듣는다. 어떤

● 구가인·박훈상·조동주·박우인, "자기계발 벽 앞의 20대 '나' 아닌 '우리' 문제에 입 열다", 〈동아일보〉, 2014. 2. 12.

65

사건들, 어떤 기억들은 좀 더 많은 사람에게 더 오랜 기간 각인되고 소환되는데 IMF와 이후 한국사회의 변화는 그런 오래가는 기억 가운데 하나인 듯하다. 그리고 누군가가 어떤 사건에 대해 비슷한 감정을 공유하고 기억한다면 광의적으로는 같은 세대나 집단으로 봐도 무관하지 않나 싶다.

IMF 이후 20년 넘는 시간이 흘렀고 그사이 사회적으로 많은 사건이 벌어졌다. 어떤 사건에 대한 기억은 보통 또 다른 사건으로 덮이기 마련이다. 더는 아이가 아닌, 이제 40대가 된 IMF 키즈의 기억 속에 IMF는 몇 번째 사건으로 자리하고 있는지 여전히 궁금하다. 마찬가지로 현재의 20대가 강렬하게 공유하는 '기억에 남는 사건'은 무엇인지도 궁금하다. 그래서 40대의 나는 20대를 만나면 굳이 묻는 것이다. "혹시 IMF 알아요?"

2부

지금 우리

나도
MZ야!

회사 어른: 요즘 꼰대들이 MZ, MZ하는데 꼰대들이 부르는 말 말고 MZ세대는 스스로 뭐라고 부르나?

신입 직원: 예??? 아… 음…; 경제활동인구…?

자까, 〈신입일기〉 8화

ㄴ MZ세대 진짜 누가 만든 용어냐ㅋㅋㅋㅋ 서태지 보고 자란 세대랑 에스파 보고 자라는 세대를 한꺼번에 묶다니 양심이?

웹툰을 보고 웃다가 그 아래 댓글을 보고 더 뿜었

다. 댓글의 지적처럼 밀레니얼(M) 세대와 Z세대를 합친 MZ세대라는 말은 지나치게 큰 범위를 칭한다. 사실 세대 구분법은 나라마다 연구자마다 조금씩 다르다. 밀레니얼 세대라는 말을 처음 쓴 건 미국의 세대 전문가인 닐 하우와 윌리엄 스트라우스가 1991년 출간한 책 《세대들, 미국 미래의 역사Generations: The History of America's Future》로 알려져 있다.

미국에서는 보통 1981년부터 1996년 사이에 태어난 세대를 밀레니얼이라고 부르는데, 일부 연구자들은 2000년대 초반 출생자들까지 포함하기도 한다. Z세대라는 말이 생긴 후에는 대략 1980년대 초에서 1990년대 중반 사이에 태어난 세대 정도로 한정해 쓰이는 듯하다. 제너레이션Z, 일명 '젠지'로 불리는 Z세대는 1990년대 중반에서 2000년대 초반에 태어난 세대다. 한국에서는 386세대나 X세대로 불리는 1960~1970년대 출생한 이들의 자식 정도로 볼 수 있다.

MZ세대는 밀레니얼 세대와 Z세대를 통칭하는 말이다. M세대와 Z세대의 사전적 정의상 자주 언급된 공통점을 꼽자면 디지털 문화에 익숙하다는 정도일 것이다. 그런데 MZ세대 안에서 대략 20년의 차이가 난다. 좀 일찍 결혼한 밀레니얼이라면 Z세대 자식을 뒀을 가능성도 있다. 그래서 MZ세대 중 40대에 진입했거나 그 언저리에 있는 고참 MZ들은 종종 오해를 받는다.

나 역시 그렇다. 1990년대생 후배들과 대화를 하면 "선배도 X세대니까…" 식의 말을 듣는데, 그때마다 "아냐, 나도 MZ야!"라고 강력히 부인했다. 하지만 후배 입장에서 '너와 내가 같은 세대'라고 힘주어 외치는, 머리가 희끗해지기 시작한 선배란 얼마나 부담스러운 존재일까 싶기도 하다.

최근 부서장과 중간관리자가 MZ세대들로부터 역멘토링reverse mentoring을 받는 제도를 운영하는 회사가 많아지고 있다는데, 알고 보면 후배들에게 멘토링을 받고 보고서를 제출해야 하는 중간관리자 역시 세대 구분으로만 보면 MZ세대일 때가 적지 않다. 결국 MZ세대라는 말에서 구체적인 출생연도를 따지는 건 의미가 없다. 그저 '요새 젊은 것들' '요즘 애들'의 좀 점잖은 표현 정도로 보는 게 적당하다. 이 '요즘 애들'에 밀레니얼인 1980년대생이 포함됐으니, 아마 MZ세대는 1970년대생 이상인 사람들이 만들어낸 용어라는 추측은 가능하다. 그들에게는 10대에 PC통신을 접한 애나 10대에 스마트폰을 접한 애가 다 같은 요즘 애들로 보일 수도 있지만 당사자들에겐 그렇지 않을 것이다.

일부 전문가들은 인구통계적으로 의미가 있는 전후戰後 베이비붐 세대를 제외한 세대 구분은 다소 말장난 같은 측면이 있다고 지적한다. 실제로 세대 이름의 상당수는 해당 세대가 젊은 시절에 만들어진 것으로 추정되는데, 주로 그 당시 기성세대들이 새로운 세대에 대한 이해가 충분히 되지 않은 상황에서 어설프나마 분석을 위해 붙인 것 아닐까 싶은 게 많다.

재미있는 점은 온라인 플랫폼이 대중적으로 확산된 후 젊은 세대에 붙여지는 이름이 봇물처럼 늘어났다는 것이다. 예를 들면 1981년생인 나는 '밀레니얼' 외에도 X세대 뒤라는 의미의 'Y세대'이자 인터넷Net에 익숙한 'N세대'이며 베이비부머의 자식인 '에코세대'이기도 하다. 연애·결혼·출산을 포기한 '3포 세대', 상당수가 비정규직인 '88만원 세대', 돈과 명예 등 세속의 욕망에 관심

을 끊었다는 '사토리(悟り) 세대', PC방에서 온라인게임 스타크래프트를 즐기며 10~20대를 보냈다고 '스타크래프 세대' 등으로도 불렸다. 수많은 세대 용어들을 보면 도통 이해가 안 되는 요즘 것들을 이해하고 싶어 하는 당시 어른들의 고뇌가 느껴지기도 한다. 세상의 정보량은 갈수록 많아지는데 요즘 것들의 행동은 갈수록 이해되지 않으니 불러줘야 할 이름도 늘어났다는 생각이 든다.

더불어 많은 세대 구분은 '귀에 걸면 귀걸이, 코에 걸면 코걸이'처럼 이용될 수도 있다. 예컨대 브리태니커 사전 온라인판에 실린 X세대의 정의 중에는 "일반적으로 잔재주가 많고 독립적이며 일과 삶의 균형을 유지하는 것에 관심이 많은 것으로 묘사된다" "때로 게으름뱅이 또는 투덜이로 묘사됐지만 이런 묘사에 대해서는 논란이 있었다" 등의 설명이 있다. 그러나 일과 삶의 균형을 뜻하는 '워라밸'은 지금도 유행 중이며, 투덜거리는 젊은이와 이를 둘러싼 논쟁 역시나 마찬가지다. 그래서 이 부질없는 세대 구분에 정색하고 토를 다는 건 서로 에너지 낭비가 아닌가 싶기도 하다. 앞으로는 누가 "선배는 X세대"라고 하면 강력히 부인하지 말고, 대충 고

개를 끄덕이며 넘어갈까도 싶다(까짓거 뭐, 한두 살 더 늙어
주마).

솔직히 말하면, 나는 90년대생인 Z세대 후배보다
90년대 학번인 X세대와 정서상 더 통하는 부분이 있긴
하다. BTS 노래를 따라 부르진 못하지만 서태지와 아이
들 노래를 따라 부르는 건 가능하고, 퇴근 시간이 지났
어도 팀장보다 먼저 자리를 뜨려면 어떤 인사말로 마무
리해야 자연스러울지 마음의 준비가 필요한 옛날 정서
를 가졌다. 그래서 내 윗세대 선배들과 요즘 애들 이야
기를 하며 위화감 없이 혀를 찰 수 있는 것이다.

그리고 얼마 안 가 요즘 애들도 그들의 선배들이
그랬던 것처럼 요즘 애들을 운운할 것이다. 세상에서
가장 공평한 게 세월 아니겠나. 〈너 늙어봤냐 나는 젊어
봤단다〉라는 노래가 어르신 사이에서 괜히 유행한 게
아니다. (알겠니, 후배야!)

전지현(1981년생)과 동갑이다. 김태희(1980년생)보다 한 살 어리고, 송혜교(1982년생)보다는 한 살 많다. 좀 더 보태면 손예진(1982년생)도, 한가인(1982년생)도 모두 또래다. 언젠가부터 이들의 출생연도가 주요 포털 프로필에서 사라진 상황에 굳이 나이를 언급해서 미안하지만 그들은 저 나이가 맞다(여러분, 우리 나이 앞에 당당해집시다!).

어이없게도 나는 저들, 이른바 태혜지와 또래라

는 사실이 은근 자랑스럽다. "나 전지현이랑 동갑이야." 친척이나 학교 동창, 하다못해 동네 주민도 아니고 2022년 기준 대한민국에서 약 250만 명인 1980~1982년생(1981년생은 약 83만3000명이다) 중 하나일 뿐인데 그들과 또래라는 것이 자랑스럽다니. 심지어 이런 얘길 하는 게 내 얼굴에 침 뱉는 꼴이란 것도 머리로는 이해한다. 듣는 이들은 대개 "아, 전지…현이 몇 살이더라?"라고 되물으며 내 얼굴을 훑곤 하니까.

보통 또래 친구들이 잘나가면 질투를 하지만 그것도 어느 수준에서 적당히 비슷할 때 얘기다. 뛰어난 존재는 그냥 존경하는 게 낫다. 더불어 그와 나의 작은 공통점이 있다면 우리 편으로 묶는 것이 정신 건강에 좋다는 게 내 지론이다. 감히 말하면, 태혜지에게도 나와 같은 또래가 많은 게 복(!)받은 일 아닐까 싶다. 스타에겐 동년배의 숫자, 이른바 '쪽수'가 인기의 지속가능성에서 중요한 요인이라고 믿기 때문이다.

10여 년 전 회사에 들어와 배치된 첫 부서가 여성지였다. 당시 여성지의 주요 관심사, 즉 표지 제목으로 걸리는 기사는 이혼한 고현정의 복귀와 은퇴한 심은하의 결혼생활이었다. 나 같은 신입 꼬꼬마는 범접할 수 없는 영역이라 그들을 취재하는 건 주로 오랜 연예지 경력을 갖춘 수석 기자급 선배였다.

결혼한 연예인에 대한 관심이 높은 여성지 특성상, 이들 스타의 작은 동향이라도 파악되면 그 소식과 함께 과거의 구구절절한 이야기가 함께 더해져 큰 기사로 소개될 때가 많았다. 배우 본인에겐 사생활에 대한 지속적인 관심이 불쾌할 수 있지만 동시에 이런 관심은 여전한 스타성에 대한 방증이기도 했다. 어린 시절부터 이들의 활약을 보고 자랐던 당시 20대의 나는 이 언니들의 기사가 언제까지 매체를 덮고 있을지 궁금했다.

중년이 된 그들은 계속 방송의 주역으로 스타 역할을 하는 중이다. 이제 50대에 접어든 고현정, 김희애, 이영애 등은 지금도 여전히 대중의 관심을 받으며 아름다움의 상징이라는 화장품 CF도 장식한다. 이런 현상의 이면에 대해 분석하는 기사를 몇 번이나 썼고 관련된 남의 기사들도 여러 번 읽어봤는데, 늘 또래 여성 소비자의 힘 덕분이라는 결론이 나왔다. 전보다 많은 여성이 사회에 진출한 덕에 소비자로서 이들의 힘이 커지면서 다양한 여성 캐릭터에 대한 수요도 증가했다. 여기에 더해 특정 세대가 더 오랫동안 사랑받는 데는 인구구조도 주요한 원인이 될 수 있다는 게 내 생각이다.

사실 또래의 쪽수, 즉 인구가 많다는 건 다른 또래보다 더 많은 경쟁을 해왔다는 걸 의미한다. 더 좋은 대학에 들어가기 위해 입시 경쟁을 했고, 더 좋은 직장에 입사하기 위해 또 경쟁을 했다. 특히 한국처럼 자원이 한정된 나라에서는 그 경쟁이 더 치열할 수밖에 없다. 성장기부터 줄곧 치열한 의자 뺏기 게임을 해왔을 가능성이 높은 것이다.

그러나 거대한 쪽수가 생산력과 소비력으로 연결된다면, 한 사회의 주요한 성장요소가 된다. 실제로 한국의 베이비부머부터 1980년대생까지, 현 기성세대들은 한국의 경제와 함께 성장했다. 그래서 특정 세대 인구가 많다는 건 그 세대의 문화가 오랜 기간 한 사회에 거대한 영향을 미친다는 의미이기도 하다. 시대의 주요한 장면을 함께 목격하고 유행을 공유한 이들은 비슷한 생애주기 속에서 같은 욕구를 느낄 가능성이 높다.

인구가 많은 세대는 의도했건 아니건 자신이 속한 세대의 목소리에 힘을 부여한다. 최근 한국에 불었던 트로트 열풍을 보라. 〈내일은 미스터트롯〉이 무시무시한 시청률을 기록한 데는 인구구조의 고령화가 한몫했다. 태혜지 역시 젊은 시절 그들에게 열광한 수많은 또래 무리 덕에 세월을 이기고(!) 오랜 기간 명성을 유지할 수 있었다.

특정 인구의 쪽수는 나이에 대한 세상의 기준을 바꾸기도 한다. 과거의 중년과 지금의 중년은 다르다. 미용 및 의학기술의 발달도 한몫했지만 인구구조도 영향을 미쳤다. 전체 인구를 나이순으로 세워 균등하게 이등분한 중간나이인 중위연령median age을 보면, 1971년생 고현정과 이영애는 데뷔 즈음인 1990년 만 19세로 여성 중위연령(27.7세)보다 9살가량 어렸지만, 30년이 흐른 2023년에도 한국인 여성의 중위연령(47.1세)보다 5살 많다. 겨우 중간을 넘은 수준이라는 것이다.

그렇다면 나와 태혜지는(그러니까 우리는!), 아직 중간나이보다 어린 상황이다. 그리고 무려 한국 나이로 쉰 살이 된 2030년에는 여전히 그 시기 여성의 중위연령(51.2세)˙에 못 미칠 가능성이 높다. 즉, 태혜지는 앞으로도 꽤 오랫동안 한국 드라마의 주연은 물론 화장품, 커피, 가전제품 CF에서 경쟁력 있는 모델로 활동할 수도 있다는 뜻이다.

물론 오래가는 스타의 조건은 좀 더 복잡할 것이다. 1971년 나온 새우깡도 늘 같아 보이지만 조금씩 맛의 변화를 추구했다고 하지 않나. 태혜지 역시 압도적인 미모로 부각된 건 사실이지만 그 예쁜 이미지만으로 대중에게 사랑받을 수 있었다고 생각하진 않는다. 긴 머리칼을 흩날리며 신비주의를 고수했던 전지현은 2012년 결혼 후 로맨틱코미디부터 좀비사극까지 다양한 장르에 출연하며 적극적인 연기 변신에 성공했다. 새벽 6시부터 세 시간씩 "매일 숨 쉬듯 운동한다"는 전지현은 일곱 살 연하인 김수현과 키스를 해도 어색해 보이지 않고, 욕을 해도 저렴하지 않으며 총이나 활을 쏘는 액션도 척척 소화해낸다. 나는 나와 동갑인 전지

통계청, 〈장래인구추계〉(2021년 12월)

현을 보며 내 나이대의 다른 가능성에 대한 판타지를 품을 수 있게 된다.

내겐 고마운 일이지만 한편으로는 고령화가 스타를 꿈꾸는 젊은 세대의 등장 시기를 다소 늦추는 건 아닌가, 나이 많은 특정 무리가 너무 다 해먹고 있는 건 아닌가 하는 마음이 들어 조금 미안하기도 하다. 한국의 대중문화가 특정 세대의 취향으로 편향되는 건 아닌지에 대한 우려 같은 것이다.

이런 고민을 하니 누군가는 "젊은 연예인 걱정은 접어두고 네 노화 걱정이나 하라"는 충고를 했다. 맞는 말이다. 그리고 다시 생각해보니 최근엔 한국 연예인이 내수 시장을 넘어 세계로 진출할 기회도 늘고 있지 않나. 그래서 다소 꼰대스럽게 마무리 짓기로 했다. 시작이 좀 어려워서 그렇지, 여러분에겐 K컬처 부흥 덕에 활짝 열린 세계무대가 있습니다. 젊은 연예인 여러분, 야망을 가지세요.

80년대생
임원이 왔다

2021년 말 1981년생 여성 최수연 씨가 네이버 대표에 올라 화제였다. 다음 날 각 신문의 헤드라인은 '81년생 최수연 네이버 이끈다' '시총 66조 네이버, 새 선장은 40세 워킹맘' 같은 식으로 CEO의 나이와 성별을 강조한 문구가 대부분이었다. 얼마 지나지 않아 삼성전자는 인사제도 개편안을 발표했다. "사내에서 서로 존댓말 사용 원칙" 등 다양한 내용이 담겼지만 특히 평가체계에 관심이 쏠렸다. 승진에 필요한 직급별 체류 기간을 빼는 등의 개편으로 연공서열을 없애 30대 임원, 40대 CEO의 탄생이 가능해졌다는 해석이 나왔다.

이 소식은 네이버나 삼성전자 직원이 아닌 이들의 마음까지 술렁이게 했다. 후배에게 추월당한 1970년대생을 조명하는 '70년대생이 온다' 류의 기사가 줄이었고, 최 대표와 동년배인 나는 그가 회사를 다니다 유학까지 다녀온 '똑똑하고 잘 노는 하버드 출신 워킹맘'이라는 사실에 기가 죽었다. 부족한 재능과 스펙은 차치하더라도 그와 비슷한 시기 사회에 진입한 후 내게 주어진 시간을 허투루 쓴 것 같았다. 종종거리긴 했던 것 같은데 치열하거나 전략적이진 못했구나. 아마 그 조직에서 어떤 사람들이 느낀 열패감은 내가 스치듯 품었던 상념보다 더 컸을 것이다.

80년대생 임원 등장과 관련해 다양한 수식어가 붙지만 결국 핵심은 '세대교체'와 '성과주의'로 집약된다. 임원의 나이를 낮추는 건 기업 전반에 '젊은 피'를 수혈하고 실적과 업적 등 성과를 중심으로 내부 경쟁을 강화하겠다는 분위기로 읽히는 것이다. 그런데 잘 들여다

보면 세대교체와 성과주의라는 말이 함께 쓰이는 이 상황은 어느 지점에선 다소 모순처럼 느껴진다. 세대교체라는 말은 성과로 평가받을 기회가 젊은 세대에게만 주어진다는 걸 의미하기 때문이다. 이 때문에 기업들이 이런 변화를 시도할 때마다 현장에서는 "나이순으로 빨리 내보내겠다는 의미"라며 자조 섞인 반응이 나온다.

이런 분위기가 한국만의 일은 아니다. 미국에서는 IBM 최고경영진이 나이 든 직원들을 멸종한 공룡에 빗대 '다이노베이비스'(Dinobabies, 공룡과 베이비부머의 합성어)로 지칭하며 회사에서 내보내려 한 사실이 내부 문건을 통해 알려져 논란이 됐다.• 2020년 기준 IBM 직원들의 중위연령은 48세로 30대 초반인 구글, 페이스북 등 다른 실리콘밸리 기업에 비해 높은 편이다.

더 많은 성과를 낸 사람에게 더 큰 보상을 한다는 성과주의에도 비판적인 시각이 많다. 성과주의가 실제로도 효율적이며 공정한 수단이냐는 것이다. 수많은 성

•   Noam Scheiber, "Making 'Dinobabies Extinct: IBM's Push for a Younger Work Force", 〈뉴욕 타임스〉, 2022. 2. 14.

과는 개인의 역량뿐 아니라 그가 처한 상황에 좌우될 때가 적지 않고, 조직 안에서 개개인의 가치와 역할을 A 혹은 B, C 등으로 구분 짓기란 현실적으로 쉽지 않다. 그러나 이렇게 불완전한 방식으로 정해진 '급'은 이후로도 구성원들에게 꼬리표처럼 따라다니며 더 발전할 수 있는 누군가에게 실패의 낙인을 찍는다.

성과주의가 조직의 성장에 기대만큼의 도움이 되지 않는다는 지적도 있다. 성과를 강조하는 조직은 눈에 보이는 성과를 내기 위해 정작 중요한 가치를 놓치기도 한다. 조직행동 심리학자인 나이절 니컬슨Nigel Nicholson 런던비즈니스스쿨 명예교수는 "너무 많은 관리자가 상급자에게 눈에 보이는 성과를 증명하려는 데 급급한 나머지 리더십의 핵심이라고 할 수 있는 구성원들의 장점 이끌어내기에는 약간의 시간밖엔 쓰지 못한다"고 지적한 바 있다.[**] 성과급이 기업의 생산성이나 수익성에 미치는 긍정적인 영향이 발견되지 않으며 장기적

[**] "The False Theory of Meritocracy", 〈Harvard Business Review〉, 2010. 6. 1.

으로는 인건비를 높인다는 연구도 나왔다.[*] 성과주의 혹은 능력주의는 항상 '그렇게 나누는 방식은 진짜 공정한가' '더 생산성을 높이고 효율적인 게 맞나'라는 의문을 남기곤 한다.

사실 선배 세대를 앞지른 80년대생에게도 이 상황이 마냥 즐겁지만은 않을 것이다. 공기업에 다니는 지인은 최근 팀장이 되며 전 상사를 팀원으로 맞았다. 그는 "뭔가 불편한 지시를 해야 하는 상황이 생길 수밖에 없는데, 신입 때 업무 지시를 받았던 분에게 그런 요청을 하는 게 쉽지 않다"고 토로했다.

선배를 부하직원으로 맞게 될지도 모르는 많은 80년대생에게 지금 상황은 기회일까? 오히려 그와 정반대의 상황을 떠올리며 공포를 느끼지는 않았을까? 적어도 나는 후자였다. 종종 후배들에게 농담 반 진담 반으로 "난 OO 후배님을 상사로 모실 마음의 준비를

● 　김유선, 〈성과주의 임금제도가 기업의 경영성과에 미치는 영향〉, 《한국노동사회연구소 이슈페이퍼》, 한국노동사회연구소, 2017(1)

늘 하고 있다"는 말을 즐겨했지만, 후배 상사를 실제로 마주하게 될 그날이 사실은 많이 두렵다.

동의를 하든 안 하든 인사에는 내가 회사에서 보낸 시간에 대한 평가가 반영되기 마련이다. 그 성적에 따라 배치된 내 자리가 누군가보다 한참 뒤에 있다는 것을 공식적으로 확인받는 상황은 늘 쉽지 않다. 그리하여, 60년대생은 나간다. 70년대생은 운다. 나머지 80년대생은 무섭다. 그러면 웃는 이는 대체, 누구란 말인가.

웬만해선
그들을 이길 수 없다

회사 근처에서 필라테스를 하게 됐다. 6대1 그룹레슨을 하고 있는데 늘 쉽지 않다. 왼쪽 오른쪽 구분도 헷갈리는 수준이라 겨드랑이 근육을 조이라거나(겨드랑이에도 근육이 있었어?) 골반을 접고 꼬리뼈를 동그랗게 말라거나(골반을 접을 수 있나??) 고관절 주름을 펴라(그 주름이 대체 어디에 있는데?!?) 같은 강사의 말을 들으면 잠시 머릿속이 하얘진다.

강사의 동작을 보고도 이해할 수 없어서 옆 사람들

을 거듭 훔쳐보는 나는 50분 수업 중 30분 정도가 되면 온 기력이 고갈돼 여지없이 팔다리를 심하게 바들바들 떨다가 상당수 동작을 포기해버리곤 한다. 분명 심화가 아닌, 기본 수업을 신청했는데 내겐 기본의 벽조차 너무 높은 것이다. 결국 1대1 수업을 신청해야 하는 걸까, 그러기엔 너무 비싼데….

주로 20~30대 여성들과 함께 수업을 듣는데 그들은 내가 포기해버린 동작을 어렵지 않게 소화한다. 그런 그들을 보며 나는 저만할 때 뭐 했나 종종 반성을 한다. 저때부터 열심히 운동했다면 인생이 달라졌겠지, 지금까지 꾸준히 했다면 필라테스 강사 자격증 정도는 딸 수 있지 않았을까? 아, 아무리 그래도 내 몸으로 강사까진 좀 무리지 않을까…. 근육 대신 공상만 는다.

회사의 한 40대 선배는 1대1 PT를 받고 있다. 그는 20대 네일샵 직원이 자신을 PT의 세계로 이끌었다고 했다. 선배보다 한참 어린 그 직원은 꾸준히 PT를 받았는데 "평생 자산인 내 몸에 투자하는 건 아깝지 않다"고 말했다고 한다. 그 말은 선배를 자기반성의 시간으로,

결국 고액의 PT로까지 이끌었다고 했다.

생각해보니 내 주변의 90년대생 친구들 역시 늘 건강 챙기기에 진심이었다. 야근이 잦은 부서에 몸담던 시절 주변 후배들 사이에선 PT붐이 일기도 했는데, 운동을 하지 않는 이들은 대부분 나 같은 40대 이상 고참들이었다. 어린 친구들의 책상에는 하나같이 영양제도 놓여 있었다. 그때까지 영양제를 안 먹었던 나로서는 책상 위 쪼르륵 놓인 영양제의 풍경이 무척이나 신기했다.

그뿐인가. 90년생인 한 후배는 늘 건강식을 챙긴다. 평소 샐러드나 그릭요거트를 주식으로 섭취하는 이 친구는, 외식을 할 땐 삼계탕이나 장어탕, 복지리 등 보양식을 선호한다. 또 다른 90년대생 친구는 거북목 방지와 손목 보호를 위해 꽤 고가의 장비를 고심해서 골랐다. 그는 "아프지 않고 오랫동안 건강하게 사는 게 목표"라고 했다. 회사 근처 광화문에선 이른 아침 혹은 주말에 무리로 달리는 젊은이들을 어렵지 않게 볼 수 있다. 온라인 모임을 통해 규칙적인 명상을 하는 20~30대도 늘고 있다고 들었다.

내가 저들만 했을 때도 분명 '갓생'을 사는 젊은이

가 존재했겠지만, 내 또래 다수는 불규칙한 생활을 젊음의 특권으로 여기며 방탕하게 살았다. 나만 해도 술이나 담배까진 아니었지만 매일 MSG나 인스턴트, 탄산음료를 흡입하며 지냈다. 지금도 별로인 몸이 나이 조금 든다고 뭐 얼마나 나빠지겠어? 오히려 나중에 40대 돼서 좋은 거 먹고 운동하면 20대 때보다 더 훌륭해지는 거 아냐? 진짜 그러면 어쩌지? 뭐 이런 철없는 마음이었다. 노화는 아주 먼 이야기처럼 느껴지던 시절이었다. 그랬던 나로서는 마치 자신의 미래를 이미 아는 것처럼 젊을 때부터 운동하고 절제하며 생활습관을 관리하는 이 친구들의 모습이 무척 생경하다.

물론 성급한 일반화의 오류일 수 있다. 내 주변 지인의 종류(?)가 바뀌었을 가능성도 높다. 더불어 세상도 바뀌었다. 한때 술에 절어 세상 방탕하게 살았던 나의 오랜 벗 상당수도 이제 웰빙을 위해 노력한다. 그사이 명상하고 절제하는 트렌드가 세상에 왔고, 그 트렌드를 가장 민감하게 받아들이는 이들이 젊은이들일 수도 있다.

이유가 뭐건 그 수가 꽤 많다는 것이 놀라울 뿐이

다. 20대 시절, 아무리 엄마가 잔소리를 해도 귓등으로 흘려들었던, 그러다 나이 마흔 넘어 겨우 깨닫게 된, 그 건강한 루틴의 중요성을 이들은 이미 너무나 잘 알고, 실천하고 있다. 벌써 다 알고 있었다니! 나는 결국 인정할 수밖에 없었다. 얘들을 결코 이길 수 없겠구나.

요즘 20~30대에게 감탄하는 또 다른 부분은 지구를 향한 마음이다. 사실 결혼 전, 더 구체적으로는 아이를 낳기 전까지 내게 지구의 안녕은 딱히 관심사가 아니었다. 기후변화로 남극 빙하가 녹든 말든, 썩지 않는 쓰레기나 미세플라스틱, 멸종 위기종 같은 건 내 알 바가 아니었다. 내 노년기쯤 지구가 멸망하면 별로 억울할 건 없으니 에어컨을 팡팡 틀고 일회용 플라스틱을 마음껏 쓰는 것이야말로 솔로의 특권이라고 믿었다.

그런데 최근 내가 만난 젊은 친구들은 무척 환경친화적이다. 내 자식이 살아갈 미래에 대해 고민하기 시작하면서부터 조금이나마 환경에 관심이 생긴 나와 달리, 이들은 상당수가 자식의 유무와 관계없이 지구의 안녕에 큰 관심을 쏟는다. 에코백에 텀블러를 챙기는 문화나 쓰레기 플로깅(근데 그냥 쓰레기 줍기라고 하면 안 될까…) 같은 행위가 젊은이들 사이에서 유행처럼 번질 때 비록 일각에서는 효과도 크지 않은 가벼운 허세일 뿐이라고 지적함에도, 나는 '지구를 위한 윤리를 지키는 것=멋있음'의 분위기가 만들어지고 마케팅 포인트가 된다는 것에 살짝 감탄했다. 내게 윤리란 주로 타인에게 해가 되지 않는 선에 그쳐 있는 반면, 지구를 위한 윤리는 동식물을 비롯해 다음 세대까지 품고 있는 것이다. 고려하는 범위가 훨씬 더 넓어졌다.

특히 젊은 세대를 중심으로 환경을 고려해 비건vegan을 택한 인구가 증가한다는 이야기를 들을 땐 숙연해지는 기분마저 든다. 고기를 좋아하는 내게는 생명 존중 등 더 큰 가치를 위해 육식을 끊는 게 한 단계 더 진화한 인류처럼 여겨진다.

국내에서도 베스트셀러에 오른 한스 로슬링의 책 《팩트풀니스》(이창신 옮김, 김영사, 2019)는 여러 가지 통계를 제시하며 '세상이 갈수록 나빠진다'는 많은 이의 생각이 다소 오해였음을, 알고 보면 세상은 조금씩 괜찮은 방향으로 나아가고 있다는 사실을 깨닫게 해줬다.

요즘 애들 역시 개별적으로 숱한 문제를 안고 있겠지만 그 덩어리 전체를 면밀히 살펴보면 앞선 세대 인류보다 조금은 괜찮게 진화하고 있는 거 아닐까 싶다. 다시 말해, 미래 세대는 과거 세대보다 아주 조금은 더 나아질 것이다. 우리는 그들을 결코 이길 수 없다.

요즘
연애

드라마 〈나의 해방일지〉에 빠져 한창 '구씨 앓이'를 했
다. 드라마가 끝난 후에는 남편을 이름 대신 성, '박씨'
로 부르기도 했다. '구씨'처럼 어깨가 굽고 말수가 적으
며 알코올중독까진 아니지만 술을 좋아하니 대략 닮았
다고 우기며 말이다.

　　유튜브 알고리즘이 끝없이 배우 손석구의 정보를
전해준 덕에 그의 이상형과 성장과정, 구체적 가족관계
까지 알게 됐을 즈음, 그가 주연을 했던 영화 〈연애 빠

진 로맨스〉(2021)를 봤다. 개인적으로는 손석구의 모습이 '구씨'만큼 멋지진 않아서 아쉬웠지만 그럼에도 마치 신문물을 구경하듯, 요즘 연애를 이해하는 팁이 됐다. 특히 몇몇 대사는 귀에 콕 꽂혔다.

학자금 대출 3천에 자취방 전세대출 6천, 빚이 9,638만 원인데 내가 어떻게 연애를 해? 그래, 빚쟁이도 연애할 수 있다 쳐. 9,638만 원 그거 갚아가면서, 데이트에 돈 써가면서 만날 만한 가치가 있는 남자가 이 땅에 얼마나 되냐.

실연 직후 친구들과 술자리에서 푸념하듯 말하는 함자영(전종서)은 "더 이상 사랑 같은 고난이도 감정서비스를 하지 않겠다"고 선언한다. 늘 그렇듯, 강한 부정은 강한 긍정이고 다른 신호다. 그래, 저 여자 주인공은 곧 다른 사랑에 빠지겠지, 그런 마음으로 팔짱을 꼈다. 결혼하고 애까지 딸린 마흔몇살 입장에선 서른을 앞둔 꽃 같은 나이에 이혼, 사별, 불륜도 아니고 겨우 실연 따위에 저렇게까지 절절해야 하나 싶은 마음이었던 것이다.

2000년대 로맨스 영화는 주로 결혼에 집중했다. 결혼식을 해피엔딩의 상징으로 보여주며 끝내는 영화가 있는가 하면, '결혼은 미친 짓'(《결혼은, 미친 짓이다》)이고 '아내가 (이중) 결혼'(《아내가 결혼했다》)을 하는 식으로 가부장제와 결혼제도의 모순을 해체하고야 마는 영화도 있었다. 그러나 낮은 혼인율을 반영하듯 이제 결혼을 다루는 로맨스 영화는 급감하고 있다.

대신 요즘 영화에선 연애 자체가 좀 더 비싼 사치재가 된 느낌이다. 과거 로맨스 영화에서도 가난은 단골 갈등 요소였지만, 보통 그들의 가난은 사랑으로 극복해야 할 대상이었다. 젊은 연인은 궁상조차 아름답고, 사랑은 계급 격차를 넘어섰다. 사랑의 승리다.

그런데 최근 영화에서 사랑은 애초에 가난과 궁상에 섣불리 맞서지 않는다. 영화 〈소공녀〉(2017)의 섹스 신은 요즘 젊은 세대의 사랑을 거론할 때 자주 회자되는 장면이기도 하다. 미소(이솜)는 남자친구 한솔(안재홍)과 한겨울에 난방이 안 되는 자취방에서 사랑을 나누려다 결국 추위를 이기지 못하고 "봄에 하자"며 옷을 주워 입는다. 마찬가지로 〈연애 빠진 로맨스〉 속 "학자금 대출 3천에 전세 대출 6천"의 빚을 가진 함자영 역시 연애를 사치로 여긴다.

대체 연애가 뭐 그렇게 사치스러운 것이냐고 묻는 내게, 이 영화를 처음 소개해줬던 20대 K는 "연애라는 행위가 소모적이라 그렇다"고 답했다.

K: 취업 준비하거나 사회 초년생일 땐 일부러 (이성을) 안 만나는 경우도 있어요. 시간 뺏기니까. 취직하거나 직장에서 좀 안정되면 그다음에 우다다다 소개팅 시작하는 거죠.

나: 고등학생 때 대학 가면 연애할 거라고 미루는 것처럼 이젠 취직해야 연애하는 건가?

K: 네, 딱 그런 느낌. 일단 만나면 시간 뺏기고 돈 쓰고… 취업이 급한데 연애가 사치긴 하죠.

연애가 사치인 이유는 비단 경제적 이유 때문만은 아니다. 게임으로 친다면, 이 시대의 연애와 사랑은 과거의 그것보다 좀 더 난이도가 높아진 느낌이다. 지금은 연애를 비롯해 타인과 맺는 관계들이 좀 더 세분

화됐다. 통과해야 할 단계가 많아진 것이다. '썸'이 그 렇다. 소유와 정기고가 세상에 〈썸〉을 내놨던 2014년 무렵, 후배가 썸에 대한 기획기사를 쓰겠다고 발제했을 때 나는 콧방귀를 뀌며 말했다. "야, 그게 연애 전 간보기랑 뭐가 다르냐, 금방 또 사라질 말이야." 그러나 10년 가까이 지난 지금 썸은 썸 그 자체로서, 연애와 구분되는 관계의 한 단계로 자리 잡았다. 그래서 "사귀자고 말할 자신도 없고 연애 비용을 부담할 능력도 안 되"는 혹은 "이별로 상처받기 싫"은 젊은이들은 연애 대신 썸을 택한다.•

이 밖에도 이성인데 친구 관계인 '남사친'(혹은 '여사친')이나 연애 감정을 배제하고 성관계만 갖는 '섹스파트너', '미혼'과 다른 '비혼', 결혼의 영역이긴 하지만 '졸혼'(이혼이 아닌 상태의 별거) 등 관계와 친밀성을 규정하는 새 말들이 세상에 돌기 시작했고 지금도 계속 새로운 말이 만들어지고 있다. 그만큼 타인과 관계를 맺을 때 고려해야 할 선택지가 넓어졌다는 의미이기도 하다.

•　박훈상·김혜린, "우리는 '썸타는' 사이", 〈동아일보〉, 2014. 2. 26.

함자영 씨 입장을 정리하자면, 연애는 싫은데 섹스는 고프다? 그럼 더, 데이팅 어플을 피할 이유가 없잖아. 사실 더 편리하지. 목적이 분명하고 깔끔하니까.

다시 〈연애 빠진 로맨스〉다. 넘치는 성욕으로 괴로워하는 자영에게 친구 선빈(공민정)은 데이팅 애플리케이션 '오작교미'를 추천한다. 남자를 찾아 헬스장과 독서모임 등산모임 등을 헤맸지만 별다른 성과를 거두지 못한 자영은 오작교미 속 남자들의 하트 세례 사이에서 "제일 성병에 걸리지 않은 것 같은" '빠구리' 박우리(손석구)를 선택한다.

사실 개인적으로 가장 흥미로웠던 지점은 데이팅 애플리케이션을 쓰는 모습이었다. 쏟아지는 하트 속에서 쇼핑하듯 상대를 고른다니. 프로필 사진부터 별명 작명까지 그 디테일들의 숨은 의미란. 영화 속 오작교미의 기술력이 어느 수준에 이르는지는 모르겠으나, 실제 요즘 데이팅 애플리케이션 중엔 인공지능AI 알고리즘을 적용하는 경우가 많다고 한다. 내 취향을 찾아 열일하는 유튜브 알고리즘처럼 풍부한 선택지를 제공하고 내게 맞는 연애 상대를 추천해주는 서비스란 얼마나 놀라운 것인가!

하지만 쇼핑 알고리즘이 추천한, 비슷한 디자인의 수많은 재킷 속에서 맘에 드는 딱 하나를 찾지 못해 반복 소비를 하듯, 혹은 유튜브 알고리즘이 추천한 배우 손석구의 넘쳐나는 영상을 보다 급속히 그에 대한 흥미를 잃어버리듯, 선택할 수 있는 대상이 늘고 정보가 넘쳐난다는 게 '찐사랑'을 약속하는 것은 아니다. 심지어 그 와중에 연애는 갈수록 어렵고 비싸지는 느낌이니 이른바 '풍요의 역설'인 셈이다.

오늘 나한테 이상한 거 많이 물어봐줘서 고마워. 난 솔직히 얘기가 너무 하고 싶었거든. 친구들을 만나도 다 솔직하진 못하더라. 대화도 하고 섹스도 하고 그러려고 사랑하는 거 아냐. 그런데 그게 왜 이렇게 어렵냐. 우리 센 척 작작 하자.

자영은 술에 취해 잠이 들어 고꾸라진 우리 앞에서 "센 척 말자"고 말한다. 사실 시대가 변하며 관계를 맺는 과정과 단계가 복잡해지고 선택의 폭이 한없이 넓어졌다지만, 우리가 사랑에 기대하는 본질적인 욕구는 비슷할 것이다. 영화는 어찌어찌 해피엔딩으로 끝났지만 결혼식 장면이 행복한 끝을 담보하지 않는 것처럼 그 관계 역시 마찬가지일 것이다.

그래서 영화가 끝난 후 나는, 내 처지가 이 시대에 연애를 갈구해야 하는 상황이 아니라는 사실에 안도(?)했다. 수많은 선택지를 가진 이 복잡한 게임은 갈수록 좀 더 어려워질 것 같기 때문이다. 난 그냥 종종 '박씨'로도 호환되는 내 남편에 만족하기로 했다.

원하는 게
정말 워라밸입니까

"직장감사." 엄마가 보낸 네 글자 메시지를 보고 푸하하 웃고 말았다. 회사 업무에 대한 불만을 토로하는 딸에게, 이렇게 어려운 시기에 월급 따박따박 나오는 안정된 직장이 얼마나 소중한 존재인지 일장연설을 한 엄마는 그것만으로 충분치 않다고 생각했는지 나름의 사자성어까지 만들어낸 것이다.

투덜거리긴 했지만 나 역시 "회사가 전쟁터라면 회사 밖은 지옥"이라는 말에 익숙한 80년대생이다. IMF

이후 사회생활을 시작한 나와 내 친구들은 한국사회에서 평생직장을 꿈꾸는 게 불가능하다는 사실을 충분히 알고 있지만, 여전히 회사라는 울타리 밖은 두렵다.

그래서였을까. 7급과 9급 공무원 시험 경쟁률이 수십년 만에 최저치를 기록했다는 뉴스 리포트에서 한 구직자가 "평생 한 직장을 다닌다는 생각은 크게 없는 것 같다"고 쿨하게 인터뷰하는 걸 보고 꽤 놀랐다. 90년대생의 특징으로 "9급 공무원을 원하게 된 세대"라고 단언하는 베스트셀러도 있었건만. 이제는 90년대 초반 생에만 한정되는 얘기인 건가 싶어 어리둥절하기도 했다.

공무원 인기가 떨어진 원인에 대해서는 해석이 분분하다. 구직자의 다수를 차지하는 2030세대 인구 감소와 상대적으로 낮은 임금, 공무원 연금 개편으로 인한 처우 불만 등이 주요 원인으로 거론되지만 개인적으로 눈에 띈 부분은 고용 안정성에 대한 구직자들의 평가였다. 20여년 전에는 IMF 여파 때문인지 잘리지 않는 '철밥통' 직업에 대한 선호가 매우 높았다.

내가 입사한 뒤 이듬해인 2006년 취업 관련 기사

를 검색해보면 직장을 천천히 오래 다니고 싶다는 얘기를 쉽게 찾을 수 있다. 당시 한 취업사이트 설문조사에서 '회사에서의 장래 희망'으로 '승진에 관계없이 가능한 한 오래 근무하고 싶다'는 응답이 전체의 25.8퍼센트나 됐다. 또 다른 곳에서 진행한 설문조사에 따르면 직장인의 55.7퍼센트가 '공무원으로의 직업 전환을 생각해봤다'고 답했을 정도다.•

한때 수많은 구직자가 그토록 갈구하던 고용 안정성은 이제 그다지 매력적인 유인책이 아닌 듯싶다. 실제로 최근 젊은 구직자를 대상으로 좋은 일자리의 기준을 묻는 설문조사에서 '정년보장 등 오래 일할 수 있는 일자리'를 선택한 응답자는 복수응답을 허용했음에도 2018년(10.8퍼센트)과 2020년(12퍼센트), 2022년(14퍼센트) 모두 10퍼센트대에 그쳤다.

그런 와중에 스타트업으로 시작해 요즘 구직자들에게 꿈의 직장이 된 한 플랫폼 기업의 슬로건을 알게 됐다. "평생직장 따윈 필요 없다, 최고가 되어 떠나라!"

•   박주연, "인생의 후반전, 다시 쓰는 이력서", 〈뉴스메이커〉(661호)

내게는 회사가 노력해야 살아남을 수 있는 곳이지만, 누군가에겐 노력해서 떠나야 할 곳인 것이다. 늙은 MZ인 나와 젊은 MZ가 회사를 바라보는 관점에 꽤 큰 차이가 있다는 사실을 인정해야 했다.

'심리적 계약관계psychological contract'라는 말이 있다. 명문화된 고용상의 계약과 별도로 회사나 노동자가 상대에게 심리적인 구속을 느낀다는 것인데, 흔히 말하는 '가족 같은 회사' '회사에 대한 주인의식' 같은 건 아주 단단한 심리적 계약의 일환이다. 회사를 감사의 대상으로 생각하는 사람과 울타리로 생각하는 사람, 거쳐가는 징검다리로 생각하는 사람이 품은 심리적 계약의 내용은 무척 다를 수밖에 없을 것이다.

요즘 젊은 구직자들이 꼽는 좋은 일자리 조건 1위가 '워라밸(일과 삶의 균형)'이 된 건 이런 변화도 영향을 미쳤다는 생각이다. 그런데 일과 삶의 균형이란 요즘 구직자들뿐 아니라 나를 포함한 대다수 기성세대도 바라마지않는 삶의 태도다. 2012년 손학규 씨가 대선에 도전하며 '저녁이 있는 삶'이라는 슬로건을 내놨을 때,

그의 지지자가 아니었음에도 꽤 감탄했던 기억이 있다. 그리고 그런 반향이 주 52시간 근무제 도입으로 이어졌을 거라고 생각한다.

이런 경향은 통계로도 확인된다. 일과 가정생활의 우선순위를 묻는 통계청의 〈2021년 사회조사〉에서 일과 가정 중 '일 우선'을 택한 응답(일을 우선한다/일을 우선하는 편이다)은 33.5퍼센트였고, '둘 다 비슷하게 생각한다'는 48.2퍼센트, '가정 우선'을 택한 응답(가정생활을 우선한다/가정생활을 우선하는 편이다)은 18.3퍼센트를 기록했다. 30대가 다른 연령대보다 가정을 중시하는 경향이 약간 높긴 했지만 전 연령대가 '둘 다 비슷하게 생각한다'는 워라밸을 가장 지지했다. 지금으로선 특별해 보이지 않는 결과지만 사실 10년 전과 비교하면 큰 차이가 있다. 2011년 '일 우선'은 무려 54.5퍼센트였던 반면, '둘 다 비슷하게 생각한다'는 34퍼센트, '가정 우선'은 11.5퍼센트에 그쳤기 때문이다. 결국 지난 10년간 MZ뿐 아니라 한국인 다수의 의식이 워라밸을 추구하는 방향으로 변했다고 볼 수 있다.

그러나 나는 워라밸을 원한다고 얘기하면서도 한

편으론 '그게 진짜 가능하겠어?'라며 회의하기도 한다. 52시간제 도입 직후 당시 내가 속한 회사를 포함한 많은 회사가 노동시간 체크 시스템을 도입했다. 언론사에서 기자들이 하는 업무의 상당수는 똑 떨어지는 시간으로 계산되기 어려운 면이 있다. 취재원과의 관계를 위한 식사나 술자리 같은 게 그렇다. 이런 한계에도 불구하고 젊은 기자들 사이에선 비교적 이 시스템이 정착하는 분위기지만 데스크 이상 직급에서는 좀 다르다. 내가 본 상사의 상당수는 초과근무를 하고도 때로 노동시간을 기록하지 않았다.

내가 속했던 회사만 이런 분위기는 아닌 것 같다. 기업에 다니는 지인은 일은 줄지 않았는데 직원의 워라밸이 높아지다 보니 관리자급의 업무강도만 높아졌다고 푸념했다. 그에게 당당히 워라밸을 누리라고 하기엔 관리자급이 당장 책임지고 해결해야 할 업무가, 그가 눈치를 봐야 할 대상이 적지 않다는 걸 안다. 누군가의 일과 삶에 균형이 지켜지려면 다른 누군가의 희생이 필요하고, 그러다 보니 회사 내 업무강도에 불균형이 생긴다는 원망도 나오는 것이다.

하나 예상 밖이었던 점은, 눈치 보지 않고 '워라밸'을 추구한다는 요즘 MZ 중에 회사를 대하는 마음과는 별개로 워커홀릭이 꽤 많다는 사실이었다. 90년대생 직업인들의 인터뷰나 관련 책을 읽다 이들이 자신의 일을 대하는 태도가 진지하고 치열해 감탄한 적이 있다. 인턴으로 시작해 〈문명특급〉이라는 유튜브 히트작을 만든 홍민지 PD가 낸 책은 《꿈은 없고요, 그냥 성공하고 싶습니다》(다산북스, 2022)였다. 그는 책 프롤로그에 "절대 깨지지 않을 것 같은 돌판에 새로운 균열을 내서, 거기에 새로운 영역을 만들어서, 이런 성공도 있다고 보여주기를 바라고 또 응원한다"고 썼다.

문과 출신으로 IT 회사에 입사한 염지원 씨는 "남을 지원하고 관리하는 게 아니라 무대의 주인공이 되고 싶어" 엔지니어라는 직업에 도전했다고 한다. 그는 저서 《IT 회사에 간 문과 여자》(모로, 2022)에 "많은 시간을 투자하는 '일'에서 최대한 많은 것을 끌어내려면, 최선을 다해 이 일을 사랑해야 한다. 대체될 존재라고 대체될 존재처럼 생각하고 행동하면 이 굴레를 끊을 수 없기 때문"이라고 썼다. 누군가에게 저자의 배경을 알리지 않고 이 책들의 일부를 보여준다면, 지독한 일벌레 상사나 기업 임원을 떠올리는 이들이 적지 않을 거라고 생각했다.

물론 이들이 모든 90년대생의 노동관을 대표한다고 하긴 어렵다. 그러나 회사 선배의 옛날 이야기를 짐색하고 회식은 칼같이 거절하는 많은 친구가 '일잘러'를 꿈꾸며 유튜브와 온오프라인 강의와 모임에서 누군가의 커리어 성공담을 찾아 듣는다는 사실을 알았을 때, 나는 한 번 더 의심하는 것이다. 알고 보면, 얘네 일에 있어서는 꽤 진심 아닐까. 생각해보면 평생직장 따윈 없는 세상에서 "최고가 되어 떠나야" 한다는 것은 평생 자기계발을 해야 한다는 의미이기도 하다. 회사에 정을 주진 않지만 일에는 온 정성을 다한다. 일과 삶의 균형을 추구한다지만, 그 삶에는 결국 일이 크게 자리잡고 있는 거 아닐까.

이런 모순을 느낀 게 나뿐만은 아니었는지, 실제로 최근에는 워라밸 대신 '워라블work life blendig'이라는 말도 유행이라고 한다. 일과 삶에서 균형을 찾기보다 아예 일과 삶을 섞는다는 얘기다. 관심사를 직업으로 연결한 이른바 '성공한 덕후' 같은 삶은 언뜻 보면 즐겁고 보람 있는 것처럼 느껴지기도 하지만, 나는 이 역시 회의적이다. 비교적 적성에 맞고 좋아하는 분야를 직업으로 삼는 게 그렇지 않은 것보단 좀 더 나을 순 있다. 하지만 일은 일이고 삶은 삶이다. 아무리 좋아하는 일이라도 생계와 연결되면 그에 따르는 책임과 평가 등에서 자유롭지 않다. 좋아하는 것은 순수한 자발성만 갖추면 되지만 일은 결코 그렇지 않다.

그래서 이런 말은 미안하지만, 일과 삶을 섞으면 그냥 일만 남는 거 아닐까, 묻고 싶은 것이다. 굳이 뭐 또, 삶과 일을 섞을 만큼의 일에 대한 사랑을 발휘해야 하나 싶다. 다시 말해 '직장감사' 못지않게 일과 삶을 섞는 것 역시나 고도화된 자본주의의 음모 아닐까 의심스럽다. 결국 평생직장이 사라진 시대란, 늙은 MZ에게는 그저 고달프게 느껴질 뿐이다.

PC
네이티브 세대

흥미롭게 읽었던 트윗이 있다. 새 폴더를 만들지 못하는 20대 신입사원 얘기와 함께 젊은 세대가 스마트폰에는 익숙하지만 컴퓨터는 잘 다루지 못한다고 지적하는 글이었다. 또한 글쓴이는 DOS를 썼고 2000년대부터 줄곧 컴퓨터로 일해온 현재 40~50대는 'PC 네이티브'이기에 지금의 20대보다 컴퓨터 활용 능력이 더 낫다고 주장했다.

　이 트윗은 각종 온라인 커뮤니티로 확산되면서 화

제를 모았다. 댓글에는 "복붙(복사 후 붙여넣기)을 못하는 애도 봤다" "엑셀을 심하게 못 쓴다" "아무리 서류상 스펙이 좋아도 실무 능력은 예전 세대 못 따라간다" 등 30대 이상으로 추정되는 이들의 목격담이 줄을 이었다.

해당 글 기준으로 PC 네이티브 세대에 속한 나는, '젊을수록 IT에 능숙하다'는 통념을 깬 글쓴이 주장에 통쾌함을 느낀 한편, 다소 미안해졌다. 반 평균점수를 깎아먹은 열등생의 심정이랄까. 분명 나도 DOS 시절 컴퓨터를 안다. 초등학교 4학년 실과시간, 흑백 모니터와 컴퓨터를 이용해 독수리타법으로 어버이날 편지를 써서 색종이 크기의 까만 5.2인치 플로피 디스크(알록달록 3.5인치가 아니다)에 저장하기도 했다. 그러나 어린 시절부터 PC에 익숙하다는 게 능숙함을 의미하는 건 아니다.

물론 또래 중엔 직접 홈페이지를 제작하는 등 IT 트렌드에 박식한 친구들도 더러 있었지만, 내겐 딴 세상 얘기였다. 대학생이던 2000년대 초반 프로젝터를 이용한 OHP필름 발표가 파워포인트PPT 발표로 바뀌는 기로에 있었는데, 나는 뚝심 있게 끝까지 OHP필름을 고수했다("껍데기는 가라, 중요한 건 내용이다!"). 회사에 들어온 뒤엔 필요에 의해 겨우 PPT를 만들어내는 수준이 됐지만 지금도 엑셀이나 포토샵은 잘 못하고 기본적인 컴퓨터 단축키도 잘 못 외우는 축에 속한다.

보편적인 20대가 PC보다 스마트폰 등에 더 익숙한 건 사실일 것이다. 하지만 20대와 30~40대 중 누가 더 PC에 능숙한지 쉽게 비교하긴 어렵다. 세대가 같아도 개인간 편차가 꽤 클 수 있기 때문이다. 보다 근본적으로는, PC에 능숙하다는 게 대체 뭘 의미하는 건지도 모호하다. 엑셀이나 PPT 같은 오피스 프로그램을 잘 다루는 것인지, 코딩이나 PC 조립 능력을 의미하는 것인지 등 능숙함을 판단하는 잣대는 각자의 기준에 따라 다를 것 같다.

PC 네이티브 세대 트윗과 트윗에 붙은 멘션들이 다시 떠오른 것은 문해력 논란을 보면서다. '심심한 사과'에 '뭐가 심심하냐'고 대응했다든지, '고지식하다'를 '지식이 높다'는 뜻으로 해석했다든지, '금일今日'을 '금요일'로, '사흘'을 '4일'로 안다든지 등 사례는 꼬리에 꼬리를 물고 이어졌다. 급기야 대통령까지 나서 문해력을 걱정했고 많은 이가 무식한 젊은이들에 대해 혀를 끌끌 찼다. 유튜브가 애들을 망쳤다거나 이래서 한자교육이 필요하다는 이야기도 나왔다.

사실 심심한 사과의 의미를 오해한 이들이 젊은이라는 것도 추정이지만, 그게 맞다 치더라도, 문해력 저하 현상을 요즘 10~20대의 문제로 몰고 가는 것에는 고개를 갸우뚱하게 된다. 솔직히 기성세대가 쓴 것으로 추정되는 수많은 온라인 댓글에서도 숱한 오독誤讀과 오기誤記를 목격하지 않았던가. 아니나 다를까 이와 상반되는 연구 결과들이 재소환됐다. 교육부와 국가평생교육진흥원의 성인문해능력조사 결과 20~30대의 95퍼센트 이상이 최고 등급인 수준4 그룹으로 나와 전체 연령대 중 문해력이 가장 높았다는 통계가 보도됐고,[*] 심지어 한국 16~24세의 언어능력이 OECD 32개국 중 4위였던 반면 45~54세 구간에선 평균 이하로 떨어지

* 오경묵, "'한자 몰라서 바보?' …2030 문해력, 중·노년층보다 뛰어났다", 〈조선일보〉, 2022. 8. 25.

고 55~65세에선 하위권이었다는 2016년 OECD 국제 성인역량조사PIAAC 결과가 다시 회자되기도 했다.[•] 이런 통계에는 높은 교육열 때문에 젊은 시절 바짝 공부하지만 시험의 압박에서 벗어난 뒤 책을 놓아버리는 중장년의 현실이 원인으로 뒤따르곤 한다.

잘 들여다보면 이 조사들 역시 문해력을 판단하는 세부적인 잣대와 평가 방식이 조금씩 다른데, 이는 결국 우리 각자가 해석하는 문해력이 꽤 다양하다는 의미이기도 하다. 다만 하나 확실한 점은, '심심한'과 '고지식'을 모르는 일부 어휘력 문제만으로 특정 세대의 문해력을 평가하는 건 부족하고 성급하다는 것이다.

영국의 세대 전문가 바비 더피Bobby Duffy 킹스칼리지런던 교수는 《세대 감각》(이영래 옮김, 어크로스, 2022)에서 "허위의 고정관념이 허위의 세대전쟁을 키운다"고 지적한 바 있다. 세대로 나눠 구분하고 해석하는 것은 재미있고 간편하지만 확실치 않은 차이를 부각하는 건

• 윤상진, "1020이 아니라 5060이 더 심각… 중년, 문해력 책을 잡다", 〈조선일보〉, 2022. 9. 9.

자칫 세대 갈등으로 이어질 수 있다는 얘기다. 주변 누구보다 세대로 구분해 이야기하는 걸 즐기는 내가 하기엔 민망한 얘기지만, 사실 세상엔 '세대'로만 해석될 수 없는 게 훨씬 더 많다. PC 활용 능력이나 문해력 논란도 그중 하나일 것이다.

할아버지의
세계

잠깐 신문의 오피니언팀에서 일했다. 오피니언팀은 교수, 작가, 평론가 같은 여러 오피니언리더의 글을 받아 싣는 역할을 한다. 그런데 간혹 지면에 불만을 품은 독자의 전화를 받기도 한다. 신문사에는 독자의견을 받는 부서가 따로 있지만, 오피니언팀이라는 부서 이름이 오해를 부르는 게 아닐까 싶다. 독자도 자신의 오피니언(opinion, 의견)을 내려고 전화를 하는 것이다.

당시 오피니언팀으로 전화를 하는 독자의 다수는,

목소리를 들었을 때 60대 이상 남성이 많았다. 흔히 할아버지로 불리는 분들 말이다. 할아버지들은 다소 큰 소리로 본인의 주장을 어필한다. 처음엔 그게 불쾌했지만 청력 때문에 거칠게 소통한다는 사실을 깨닫자 조금은 너그러워질 수 있었다. 때로는 할아버지들이 큰 소리로 말하는 불만을 호응하며 들어주기도 했는데, 간혹 어떤 불만은 그냥 해소되는 마법(!) 같은 경험도 했다. 물론 일일이 이렇게 할 경우 업무 진행이 어렵기 때문에, 시간이 있고 기분도 나쁘지 않을 때만 가능했다. 타인에 대한 호의는 이해와 여유에서 나온다.

그 팀에서 일하던 언젠가 할아버지들의 항의 전화가 빗발친 적이 있다. 지상파와 종편, 주요 케이블채널의 방송시간 정보를 안내해주던 TV 편성표 때문이었다. 요는 이렇다. 그 시기 회사는 지면 개편 차원에서 매일 별지에 들어가던 TV 편성표 지면을 없애기로 했다. 유튜브와 넷플릭스 등으로 영상 콘텐츠를 소비하며 '본방사수'가 의미 없어진 시대에 편성표가 차지하는 비중이 지나치게 크다는, 꽤 타당한 생각에서 비롯된 결정이었다.

그러나 예상과 달리 지면에서 편성표가 사라진 후 회사에는 폭탄급 독자 항의가 빗발쳤고 우리 부서도 그 파편을 피할 수 없었다. 할아버지들은 직원들이 사무실에 출근하는 시간을 고려하는 건지 오전 9시가 되면 알람처럼 전화를 했다. "내가 50년째 독자인데"로 시작해서 "편성표 없애면 구독을 해지할 것"이라고 마무리하는 방식은 비슷했다. 드문드문 "민주주의 시대에 이런 횡포가 어디 있느냐!" "그 지면이 이 신문을 보는 유일한 이유다!" 같은 준엄하거나 아픈 호통도 있었다. 많게는 하루 100통이 넘는 항의 전화가 쏟아졌고, 우리 팀은 "그러니까 어르신, 저희 팀은 담당 부서가 아니거든요…"라고 응답하며 일주일을 보냈다.

이 사건을 계기로 신문에 있던 TV 편성표에 줄을 그으며 보냈던 내 어린 시절이 떠올랐다. TV 앞에 편성표를 펼치고 엎드려서 발을 까딱이던 시간에는 여유와 즐거움이 있었다. 중요한 건 스마트폰이나 인터넷으로 TV 편성 정보를 쉽게 검색할 수 있다는 사실이 아니다. 할아버지들의 예상치 못한 분노에는 몸에 배어 있는 오랜 습관, 그 시간만이 줬던 기분 좋은 감정을 세월에 뺏긴다는 섭섭함이 있었을 거라고 조심스레 추측했다.

가끔 내가 세상이라는 트레드밀에 올라탄 것 같다는 생각을 한다. 이제 겨우 40대인 나조차 자꾸만 빨라지는 세상의 속도가 버거울 때가 있다. 오랜 기간 익숙했던 박자로 걷다간 조만간 발이 엉켜 넘어져버릴지도 모른다는 공포가 밀려오기도 한다. 남은 선택은 단 두 개다. 새로운 속도에 맞춰 더 열심히 뛰거나 속도가 버겁다면 트레드밀을 벗어나야 한다. 이런 선택지가 가혹하게 느껴지는 게 나쁜만은 아닐 것이다.

회사는 다시 TV 편성표 지면을 복원했다. 당초 별지인 경제 섹션에 실렸지만 이제 주요 기사가 실리는 본지로 자리가 바뀌었다. 할아버지들의 승리였다. 이후 오피니언팀은 (역시나 잘못 걸려온!) 고맙다는 전화 인사도 여러 번 받았다. 가끔 TV 편성표를 보면 신문을 펼쳐놓고 마음에 드는 프로그램을 찾고 있을 할아버지 혹은 할머니들의 한낮을 상상한다. 그 시간이 여전히 즐겁고 넉넉하길 바란다.

인턴을 받는
마음

요즘 우리 팀 인근 회의실에는 대략 20대로 보이는 젊은이들이 북적인다. 개인적인 통화나 팀 미팅을 위해 회의실을 자주 들락거리는 나는 오늘도 벌떡 일어나 고개를 숙이는 몇몇 젊은이에게 얼떨결에 인사를 받았다. 이른 아침에 출근을 하거나 야근을 할 때 종종 이들이 회의실에 각을 잡고 앉아 각자의 노트북에 뭔가를 열심히 쓰고 있는 걸 봤는데, 알고 보니 새로운 인턴기자들이었다. 이들 중 두각을 나타낸 일부는 신입기자로 채용된다.

언론사에는 인턴이 많다. 회의실의 젊은이들처럼 채용으로 연결되는 인턴기자와 인턴PD 등 채용연계형 인턴이 있는가 하면 이와 무관하게 업무 경험 등을 쌓기 위해 인턴에 지원하는 친구들도 있다. 이런 인턴을 체험형 인턴이라고 부른다는 걸 최근에야 알았다. 이들 역시 향후 관련 업종 취업을 염두에 두고 있다는 점에선 최종 목적은 비슷한 것 같다. 현재 우리 팀에는 채용과 연결되진 않지만 유튜브 짧은 영상 편집이나 시사프로그램 스크립트 녹취 등을 담당하는 인턴들이 있는데 휴학을 했거나 졸업유예를 한 이들의 상당수는 기자나 PD 같은 직업을 지망하고 있다.

나는 채용과 연계된 인턴들의 사수를 맡아본 적도 있고 지금은 체험형 인턴들과 함께 업무를 하고 있다. 이런 경험을 하다 보니 같은 인턴이라지만 분위기 차이가 있다는 걸 알게 됐다. 채용이 걸린 인턴은 좀 더 비장하고 진지하다. 이들에겐 일하는 과정 자체가 하나의 시험이니 당연한 일이다. 회사 역시 인턴 프로그램 운영을 채용의 한 과정으로 보는 측면이 크다. 반면 체험형 인턴의 경우 진입 허들이 상대적으로 낮은 편이다. 회사나 팀에서도 당장 업무에 필요한 노동력을 충원하기 위해 이들을 뽑는다. 그래서인지 체험형 인턴들에겐 다소 아르바이트생 같은 느낌이 있다. 전자가 열정을 경쟁하는 느낌이라면 후자는 상대적으로 어유롭고 업무에 대한 태도 역시 개인차가 큰 편이다.

개인적으로는 체험형 인턴들과 일할 때 더 즐거웠다. 사실 누군가의 취업 같은 인생의 중대사가 걸린 일에 부분적이나마 평가자 역할을 한다는 건 꽤 마음이 쓰이는 일이다. 식사를 하고 사담을 나누는 중에도 나와 상대 모두 마음 한편에 평가를 염두에 두고 있다는 느낌이 들 때가 더러 있다. 채용의 당락과 관계없이 적지 않은 시간을 쏟아 열정을 불태우는 상대의 시간을 가치 있게 만들어줘야 한다는 부담도 있다.

반면 채용이나 평가와 무관한 인턴들과의 관계는 좀 더 가볍고 동등하다는 느낌이 든다. 물론 우리 팀 인턴들이 나와 같은 마음일지는 모르겠다. 종종 그들과 식사를 하며 신문물을 접하는 마음으로 요즘 젊은이들의 생활 이것저것을 물어보며 친해지고 싶어 했지만 대

다수가 꽤 난처한 표정을 지었던 것도 같다.

나도 약 20년 전 국정감사를 앞둔 국회에서 인턴을 한 적이 있다. 국회라는 공간에 호기심도 있었지만 어쨌든 취업 스펙을 쌓기 위해 지원한 자리였다. 국회 인턴 프로그램은 한 시민단체의 주도로 운영됐는데, 인턴이라는 말이 생소했던 시절인 만큼 인턴의 역할에도 애매한 부분이 많았던 것 같다. 당시는 인턴 프로그램이 대학생 참여 트렌드 중 하나로 막 부각되던 시기라 인턴을 받는 기관은 물론 인턴 지원자들도 스스로를 무급 자원봉사자 정도로 받아들였다.

모 상임위원장실 인턴으로 배정됐던 나는, 그저 꿔다놓은 보릿자루 역할을 했다. 국정감사를 앞두고 피감기관을 조사하느라 바쁜 다른 의원실과 달리 의사 진행을 하는 위원장실의 경우 특별히 바쁜 일이 없다는 걸, 즉 군이 인턴이 필요 없었다는 걸 배치된 후에야 알게됐다. 당시 위원장실에서도 인턴을 받긴 받았는데 무슨 업무를 줘야 할지 몰라 난감해했다.

지금의 내 나이쯤이었던 보좌관은 지금의 나처럼

요즘 애들 관심사를 간간이 물었으나 별다른 업무를 시키진 않았다. 그래서 사무실에서는 주로 봉지 커피를 타마시며 신문만 읽었던 것 같다. 그러고도 시간이 남아 의원회관 곳곳과 매점 투어를 다녔고, 이따금 비서 언니의 다과 준비를 돕기도 했다. 국회 인턴을 하며 여러 업무에 참여한 친구들도 있을 테니 내 경우를 일반화하긴 어렵지만 나는 그렇게 시간을 보낸 덕에 인턴 경력 한 줄을 이력서에 쓸 수 있게 됐다.

이후 채용에서 직종 관련 경력이 중시되면서 인턴 제도를 도입하는 회사와 인턴에 지원하는 취업준비생이 급증했다. 그 수가 늘어난 만큼 초반의 주먹구구식 운영, 무임금 등의 문제가 지적됐고 요즘 인턴제도를 보면 상당부분 개선된 듯싶다. 다만 처우가 개선된 만큼 채용과정이나 업무도 훨씬 빡빡해졌다. 10여년 전 어느 방송사가 1개월 실무 인턴과정을 통해 기자를 뽑는다고 했을 때 너무한다는 생각을 했던 것 같다. 그때는 1~2주 정도의 실무테스트 과정으로 당락이 결정되던 시기였기에 채용이 확실하지도 않은데 한 달이나 테스트를 한다는 게 쉽게 납득되지 않았다. 그러나 이제 채용연계형 인턴은 업계의 한 표준이 돼버렸다.

사실 언론사만 놓고 보면 인턴의 역할은 굉장히 제한돼 있다. 〈SNL〉의 주현영 인턴기자는 마이크 잡고 카메라 앞에 얼굴을 내밀 수 있지만 실제 방송사 인턴에게는 그만한 존재감을 드러낼 수 있는 기회가 결코 주어지지 않는다. 그들은 주로 책임이 없는 조력자 업무를 한다. 그만큼 성장과 대우에도 한계가 있을 수밖에 없다.

최근 우리 팀에서 6개월간 일했던 인턴 몇몇은 진짜 취업을 위해 다시 채용연계형 인턴에 지원했다. 인턴 경력이 또 다른 인턴 지원의 발판이 되는 셈인데, 실제로 채용 관련 서류전형에 참여해보면 상당수가 두세 개 이상의 인턴 경력이 있다. 인턴 기간이 길어진다는 건 취업준비 기간이 길어진다는 걸 의미한다. 회사에게는 좀 더 숙련된 인력을 선발할 수 있다는 장점이 있겠지만, 개인들에게는 꽤 고단한 일일 것이다.

시간 때우는 것으로 이력서에 한 줄 경력을 쓸 수 있던 그 시절을 옹호하고 싶은 건 아니다. 그러나 세상이 요구하는 어른의 조건은 분명 좀 더 까다로워지고 있다. 그래서 모르는 회사 사람을 만나도 벌떡 일어나 폴더인사를 하거나 컴퓨터로 딴 짓을 하다 누가 오면 황급히 단축키를 누르는 인턴을 볼 때 살짝 미안해진다. 어쩌면 나는 이들보다 좀 더 쉽게 어른이 된 걸지도 모른다.

3부

요즘 어른

공정하다는 착각

대학 시절, 그러니까 무려 20여 년 전 얘기다. 친구 M과 교양필수 수업을 듣게 됐는데 당시 40대 후반 여성이던 K 교수님은 학점이 짜기로 유명했다. 게다가 K 교수님이 여학생에겐 학점이 박한데 잘생긴 남학생에게는 유독 점수가 후하다는 얘기도 돌았다. 수업은 팀 프로젝트와 개별 발표로 진행됐는데 나와 M은 다른 팀이 됐다. M의 팀에는 큰 키와 눈에 띄는 비주얼의 I도 있었다. 매력적인 눈웃음을 가졌고 슬쩍 백치미도 느껴지던 I는 착한 친구였지만 성실하진 않았다. M은 I가 그다지 도움이 되지 않는다고 푸념하곤 했다.

그렇게 한 학기가 끝나고 성적표를 받은 우리는 경악했다. M을 비롯한 그의 팀원들이 B~C를 오가는 학점을 받은 데 반해, I 홀로 A+를 받았기 때문이다. I의 불성실한 태도와 지력知力을 종종 비판해온 M은 분노했고 바로 음모론을 제기했다. 이건 분명 I가 잘생겼기 때문이다! B+ 정도를 받았던 나는, 그럴 리가 없다고, 너희가 모르는 다른 무엇이 있을 거라고 속으로만 생각했다.

십수 년이 흘러 대중문화를 담당하며 종종 미남 배우들을 인터뷰했다. 현장에서 배우를 만나며 아우라나 안광眼光이라는 말이 그냥 나온 게 아니라는 걸 알게 됐다. 미남 배우들은 촉촉한 눈빛이나 중저음의 목소리만으로도 그들이 하는 말, 그 이상의 메시지를 주었다.

한류스타 A를 인터뷰하며 나는 그가 방송 등에서 종종 보였던 맹한 느낌과 달리 실제론 말을 정말 잘하는 것 같아 꽤 놀랐다. 모든 말이 너무 있어 보여서 기사로 쓸 거리가 넘쳐났다. 이 정도면 1,600자(보통 신문 한 면 톱기사 분량이 200자 원고지 7~8매 정도다)로 부족한 거 아닐까 싶었지만 그렇지 않았다. 회사로 돌아와 녹취를 푼 뒤 텍스트를 보고 절망했다. "기사로 쓸 말이 없다!" 너무 틀에 박힌 이야기가 가득해서 '밥 먹으니 배불렀다' 수준의 인터뷰 기사가 됐다. 어떻게 이런 착각이 일어날 수 있을까. 그의 아우라에 내 이성이 지배됐기 때문이다.

영국 사회학자 캐서린 하킴은 저서 《매력 자본》(이현주 옮김, 민음사, 2013)에서 아름다운 외모와 성적 매력, 자기표현 기술과 사회적 기술 등을 합쳐 매력자본erotic capital이라는 말로 설명했다. 매력자본이 돈이나 재능, 인맥 못지않게 중요한 '제4의 자본'이라고 말하는 하킴은 "전체 노동인구 소득에서 10~20퍼센트는 '외모프리미엄' 덕분"이라고 주장했다.

결국 M이 옳았다. K 교수님이 I에게 A+를 준 것은 분명 그 잘생긴 외모가 한몫했기 때문이다. 발표와 레포트에 기울인 우리 노력은 I의 눈웃음만한 가치를 발휘하지 못했다. 그러나 동시에, K 교수님은 학생들의 점수를 매기며 스스로 공정하다고 착각했을 수도 있다고 생각한다. 교수님도 나와 같은 인간이니까.

생뚱맞게 20여년 전 기억을 소환해 구구절절 쓴 건 아침에 일어나 세수를 하고 거울을 본 뒤였다. 아무래도 노화로 생긴 미간의 주름은 한 줌의 매력자본마저 갉아먹고 있는 게 분명해 보인다. 사회적 기술을 부단히 계발하는 게 불가능하다면 방법은 하나뿐. 보톡스를 맞아야 할 시간이 다가왔다. 쓸쓸하게.

삼십 사십 오십

어쩌면 김광석 때문일지도 모르겠다. 〈서른 즈음에〉라는 노래가 없었다면 수많은 이가 굳이 서른 따위에 그렇게 처연한 감정을 갖진 않았을 것이다.

10대 때부터 그 노래를 즐겨 들었던 나는 정작 나의 서른이 그다지 기억나지 않는다. 연애를 하다 결혼을 했고 내 삶에 뭔가 더 근사한 사건이 생기지 않을까, 그런 가능성에 기대를 품었던 것 같긴 하다. 기대했던 만큼의 희열은 없었으나 또 그렇다고 대단한 슬픔과 좌

절과 회한에 허덕인 것도 아니었다. 서른 즈음의 내가 그 미세한 감정의 차이를 느낄 만큼 예민하지 못했을 수도 있다. 어쨌든 마흔도 더 넘은 이제는, 그저 서른이 사무치게 부러울 뿐이다.

〈서른 즈음에〉가 세상에 나온 시점은 1994년이다. 그러니까 아직 고령화가 이 땅에 도래하기 이전, 더불어 의학이 지금처럼 발전하기 전의 이야기 아닌가. 대략 당시 기준보다 열 살 정도는 더해서 받아들이는 게 달라진 사회 통념상으로나 과학적(?)으로 좀 더 맞을 것이다.

그래서일까. '서른 앓이' 담론이 지나고 요즘엔 '마흔 앓이' 담론이 유행이다. 〈서른, 아홉〉 같은 드라마가 등장하며 '마흔 앓이'가 대중문화의 한 바닥을 차지한다. 끼리끼리는 과학이라고 마흔을 넘긴 내 눈에 그런 작품만 들어와서일 수도 있다. 아무튼 마흔 즈음의 내 지인들은 40대는 체력이 확실히 다르다고 입을 모은다. 체력뿐일까. 눈은 꺼지고 볼은 팬다. 화장을 안 하면 어김없이 아프냐는 질문을 받는다. 마흔이 이러니 쉰이 된다는 건 상상하기도 싫고 외면하고 싶어진다.

살아있으니까 산다 싶은, 우물우물 여물 먹는 동물인 오십인 여자가 말해줄게. 님 말이 무슨 뜻인지 모르지 않는데, 서른이면 멋질 줄 알았는데 꽝이었고, 마흔은 어떻게 살지? 오십은 살아서 뭐 하나, 죽어야지 그랬는데… 오십? 똑같아. 오십은 그렇게 진짜로 갑자기 와. 난 열세 살 때 잠깐 낮잠 자고 딱 눈 뜬 것 같아. 팔십도 나랑 똑같을걸? 드라마 〈나의 해방일지〉 15화

술자리에서 "오십에도 감정이 있을까… 살아 있으니까 사는, 우물우물 여물 먹듯이 먹고 그러는 나이"라고 표현하는 마흔의 기정(이엘)에게 옆자리 50대 언니(정영주)가 마른안주를 질겅질겅 씹으며 던진 일침. 드라마 속 기정처럼 나 역시 뜨끔했다. 40대가 보는 서른 앓이가 과하고 호들갑스러워 보이는 것처럼 50대가 보는 마흔 앓이 역시 마찬가지일 것이다.

드라마 속 기정처럼 내 나이에 지나친 의미부여를 하다 비슷한 실수를 한 적이 있다. "마흔이 넘었는데 여

전히 성장을 갈구하다니, 저도 참." 어느 저녁자리에서 자조하듯 던진 말이었는데 50대 후반의 한 선생님이 눈을 동그랗게 뜨고 말씀하셨다. "아니, 왜? 나도 여전히 성장 중인데?" 호들갑을 반성하면서 동시에 깨달음을 얻었다. 성장은 나이와 무관하다.

〈미나리〉로 오스카상을 거머쥔 윤여정 배우가 10여 년 전 했던 인터뷰를 최근에 읽었다. 10여 년 연기 공백 후 30대 후반에 배우로 복귀한 그는 당시 연기의 벽을 느꼈다고 했다.

어릴 땐 나보고 잘한다 잘한다 하니까 내가 진짜 연기 잘하는 줄 알았어요. 십몇 년 공백 다음에서야 내가 못한다는 걸 알았어. 내 말소리가 들리고, 내 몸이 뜻대로 안 움직이고. 30대 말인데, 굉장히 처참했어요. 너무 심하게 바닥을 친 거지. 그때부터 정말 열심히 연습했어요. 마음이 조금 편안해지기 시작한 게 쉰 살 무렵이에요. 이제 60이 넘었는데, 다들 너무 잘해요. 문소리도 잘하고 전도연도 잘하고, 나도 내년부터 더 잘해야겠다는 희망이 생겨요.*

그는 60대에 더 잘해야겠다는 희망을 품었고, 70대에 월드스타가 됐다. 70대에 온 '별의 순간'은 20대보다 더 빛나기도 한다. 우리가 나이를 드는 모습이 여물 먹는 동물처럼 여겨지기보단, 나이테를 키워가는 나무처럼 보이면 좋겠다. 묘목이건 고목古木이건 햇볕 좋은 곳에서 광합성을 잘하는 건 매한가지 아닌가. 그러니 더는 나이로 앓지 말아야지. 호들갑 떨지 말고 성장해야지.

• 　김용언, "〈하녀〉〈하하하〉배우 윤여정", 〈씨네21〉, 2010. 5. 21.

고잉
그레이

남들보다 일찍 흰머리가 났다. 흰머리 많은 건 유전이라고들 하는데 나도 그랬다. 어렸을 때 사진을 보면 아빠는 30대 초반부터 이미 귀 옆 부근이 희끗했다. 초등학생 때 족집게를 들고 엄마의 정수리 부근 흰머리를 열심히 뽑았던 기억도 있다. 엄마는 그때부터 지금까지 늘 흑갈색 머리칼을 유지하고 있다. 흰머리를 뽑다 지친 40대 무렵부턴 염색을 했기 때문이다.

그 시절 부모님보다 더 많은 나이가 된 나는 당연

히 흰머리가 넘쳐난다. 큰아이 출산 뒤인 30대 초반부터 흰머리가 급증했다. 둘째 임신 당시 가장 힘들었던 점은 염색을 할 수 없다는 거였다. 모자를 쓰고 회사에 가거나 취재원을 만날 순 없었으니까. 두 아이 모유 수유를 일찍 끝낸 이유 중 하나는 염색을 위해서였다. 대부분이 그렇듯 나 역시 출산 후 어마한 양의 머리카락이 빠졌는데 이후 새로 난 머리카락 다수가 흰색일 때 드는 착잡함이란. 산후 추레한 내 모습의 중심에는 흰머리가 있었다. 아이에겐 미안했지만 정신건강을 위해선 염색이 우선이었다.

그리하여 내 뿌리염색 역사는 이제 10년을 넘어섰다. 초기엔 염모제보다 덜 독하다고 알려진 헤어 매니큐어나 컬러 트리트먼트 등을 하며 흰머리 노출을 막아보려 했지만 결국 다시 커버력 좋은 염색약으로 돌아왔다. 시간이 지나 익숙해질 때도 됐건만 염색은 여전히 귀찮다. 가뜩이나 별로인 머릿결은 갈수록 푸석해진다. 한 달에 두 번 정도 미용실에 가는 비용 역시 만만치 않다. 직접 염색을 시도해보기도 했지만 워낙 똥손이라 그조차 쉽지 않았다.

불편함이나 상한 머릿결과 별개로 염색의 아쉬운 점은, 내 노화의 온전한 변화 과정을 확인하지 못한다는 것이다. 염색으로 가린 탓에 진짜 내 머리칼 색과 흰머리의 전반적인 분포를 정확히 파악하지 못하고 있다. 대략 귀 옆에 집중된 건 알겠는데 정수리나 나머지 부위의 흰머리 수준 같은 걸 파악하고 싶다는 마음도 있다. 눈에 띄는 얼굴 주름에도 무덤덤하면서 흰머리를 못 보는 게 아쉽다니 다소 모순된 것 같지만, 어쨌든 계속 숨기기만 해서 알 수 없는 내 머리칼 본연의 모습이 어떤지 궁금하다는 얘기다.

그러다 '고잉 그레이going grey'라는 말을 알게 됐다. 말 그대로 염색에서 벗어나 흰머리를 유지하는 것을 말하는데 이 말을 제목으로 단 책도 나왔다. 일본 여성지 〈주부의 벗〉이 기획한 《고잉 그레이: 나는 흰머리 염색을 하지 않기로 했다》(박햇님 옮김, 베르단디, 2020)에서는 이르면 40대부터 흰머리를 택한 30여명의 여성들이 "염색에 휘둘려온 인생"에 대한 지겨움을 설파하며 "본연의 개성"으로서 머리색을 받아들이는 과정을 이야기한다.

책을 읽으며 꽤 혹했던 나는 언젠가 기회가 되면 탈염색을 하고 싶다는 얘기를 종종 하는데 염색 역사 30년을 넘겨 아직도 염색 중인 엄마는 "아이고, 아서라"라고 한다. 그리고 이어진 말. "그게 얼마나 구질구질해 보이는 줄 아니." 남편 역시 내 탈염색 계획에 부정적인 반응을 보였다. "군~이 그럴 필요까지…."

사실 고잉 그레이 얘길 꺼내긴 했지만 용기는 잘 안 난다. 미용실 가는 걸 조금만 게을리 하면 금세 흰머리가 노출되는데 그 상태로 누군가를 만났을 때 상대가 놀라는 모습을 여러 번 봤기 때문이다. "야, 요즘, 왜 이렇게 늙었어?!" 심지어 그중 일부는 꽤 슬퍼했다. "아니, 우리가 이렇게 늙었다니!" 오랜만에 만난 상대에게 '나는 이렇게 늙었고, 오래전부터 나를 알았던 당신 역시 그만큼 늙었을 거요!'라고 은연중 알리는 것 같아 썩 유쾌하게 느껴지진 않는다. 아무리 고령화가 당도했다지만 우리에게 흰머리는 여전히 개성에 앞서 노화의 상징인 것이다.

그나마 고무적인 것은, 최근에는 한국에도 강경화전 외교부 장관이나 시니어 유튜버 밀라논나 등 백발을 선택한 여성이 늘고 있고, 패션으로서 흰머리도 주목받고 있다는 점이다. 다만 고잉 그레이에 관심을 가지면서 거리의 흰머리 여성들을 관찰해본 결과, 흰머리가 자연스럽고 아름다워 보이려면 다른 영역에서 부단한 노력을 해야 한다는 걸 알았다. 머리가 회색빛이거나 백발일 경우 헤어스타일은 물론 피부 상태나 옷, 화장, 자세 등에 더 많은 공을 들였다. 그리고 이 중 약간만 부족해도 대개는 웰 에이징well aging보단 염색이 귀찮은 노년으로 보이기 십상이다.

나이가 든다는 것은 많은 비용을 요구한다. 건강은 물론 하다못해 염색까지 말이다. 더불어 품위 있게, 자연스럽게 노화를 드러내려면 더 큰 노력과 비용이 필요하다. 그래서 패션에 둔감하며 게으른 나는 당분간은 뿌리염색을 끊지 못할 것 같다. 혹시 주변 여성들 사이에 너도 나도 흰머리 붐이 일게 되면 못 이기는 척 따라가고 싶은 마음은 있다. 과연 할 수 있을까, 고잉 그레이.

님아,
그 멜론을 잘 자르지 마오

결혼을 앞뒀거나 갓 결혼한 지인들과 만나면 자연스레 시가에 대한 '썰'을 풀게 된다. 종종 '라떼력'을 과시하는 나는 "시어머니를 담임선생님 정도로 생각하면 관계 정립이 편하다" 같은 말을 하며 잘난 척한다. 사람들이 가진 담임선생님에 대한 상은 다 다르겠지만, 대략 공통점은 어버이의 마음으로 참되거라 바르거라 가르쳐주시긴 해도 그 앞에 편히 드러눕기엔 어쩐지 어려운 분 정도가 아닐까 싶다. 부모만큼은 아니더라도 담임선생님 역시 사랑과 사명 등 선한 의도로 나를 바라봐주는 존재는 맞는 것이다. 나의 시어머니는 우리 집 두 아이를 키워주셨다. 나와 남편이 육아 고민 없이 커리어를 유지할 수 있었던 데는 시어머니의 희생이 있었다. 그런 점에서 나는 담임 복이 있다.

남편과의 첫 만남보다 더 기억에 남는 게 시어머니와의 첫 만남이다. 모두가 그렇듯 무척 어색한 자리였는데, 하필 그때 남자친구(남편)가 잠시 자리를 비워야 했다. 이미 시어머니가 음식을 한 상 차려주셨고 식사를 마쳤으니 설거지를 해야 할 시간이었던 것 같다. 하하하, 제가 거들게요. 아니, 됐다, 그냥 편히 앉아 있으렴. 하하하, 호호호.

자리에 앉지도 서지도 못한, 엉거주춤한 자세에서 이런 사교적 대화가 오간 후, 어머님은 그럼 우리 같이 먹을 걸 좀 깎아주련, 하시며 사과 두 알을 건넸다. 앗, 이건 아닌데… 좀 아찔했다. 나는 사과 껍질을 깎을 순 있는데 칼질이 서툴러 꼭지와 씨를 잘 못 파내기 때문이다(이 얘길 쓰면서도 좀 부끄럽지만 그랬다). 알겠지만 심지 제거를 잘 못하면, 사과를 예쁘게 자를 수 없다.

사과 깎기 미션이 주어졌으니 깎긴 했지만 깎고 잘라낼수록 사과는 볼품없어졌다. 어느 집 며느리는 사과 깎으며 토끼도, 꽃도 만들고 그럴 텐데…. 그런 생각을 하던 나는 마침 내 주변을 서성이던 강아지에게 난도질한 사과 조각을 계속 줬다(미안하고 고맙다, 똘이야). 이어 설거지를 마치고 돌아오신 어머님과 3분의 2 정도 남은 사과를 어색하게 먹었다. 그때 이미 짐작하셨을 것이다. 얘는 살림은 아니구나.

집으로 돌아가는 길, 당시 나는 내 사과 난도질이 혹시 우리 엄마를 욕되게 한 건 아닌지 걱정했던 것 같다. 그러나 공부 열심히 하라며 살뜰히 사과를 깎아 딸의 입에 넣어주기만 했던 엄마로선 억울한 일 아닌가. 그래서 이건 한국교육의 문제 아닌가, 실과 시간에 사과 껍질 깎기 외에 심지 자르기도 좀 꼼꼼히 가르쳐야 하지 않나…. 대략 이런 복잡한 심경을 안고 집에 돌아왔던 기억이 있다.

사과 못 깎는 얘길 이렇게 늘어놓은 건 동명의 드라마로도 인기를 끌었던 웹툰 〈며느라기〉 때문이다. 많은 독자가 첫 화에서 집을 방문한 며느리에게 멜론을 자르라는 시댁 식구와 남편의 태도에 대해 얘기한다. 그런데 나는 멜론을 굳이 잘 자르려고 검색까지 하는 사린을 말리고 싶은 마음도 컸다. 진상은 호구가 만든다는 얘기가 있지 않던가.

> 사춘기, 갱년기처럼 며느리가 되면 겪게 되는 '며느라기期'라는 시기가 있대. 시댁 식구한테 예쁨받고 싶고 칭찬받고 싶은 그런 시기. 보통 1~2년이면 끝나는데 사람에 따라 10년 넘게 걸리기도, 안 끝나기도 한다더라고.
>
> **〈며느라기〉 14화**

웹툰을 읽으며 격하게 동의한 구절이었다. 그런데 가만 생각해보면 사실 이런 "예쁨받고 칭찬받고 싶은" 욕구는 시가에서만 발동하는 게 아니다. 직장생활에서도 신입사원의 싹싹함은 미덕으로 꼽힌다. 이를 위해 우리는 거친 본성을 누르며 무던히 노력하지 않나. 집단의 약자일수록 이런 싹싹함에 대한 무언의 강요를 더 많이 느낄 것이다.

동시에 나는 이제 한국사회에서 며느리는 과거만큼 약자가 아니라는 생각도 했다. 여전히 부조리하다 싶은 가정 내 악습은 남아 있지만, 젊은 여성들의 목소리와 실질적 힘이 커지면서 이런 구태들도 분명 변화 중이다. 〈며느라기〉 포맷이 웹툰은 물론 웹 드라마로 대중적 인기를 끈 것도 그 변화의 한 단면이지 않을까.

한편으론 이런 시대변화가 영 내키지 않을 시어머니 세대를 생각하면 마음이 무겁다. 아마 사린이 멜론 자르기를 거부한다면, 그 일은 집안의 다른 여성인 시어머니 몫이 될 가능성이 크기 때문이다. 한 세대 여성의 성취는 앞선 세대 여성에게 더 많은 짐을 지우는 딜레마로 이어지기도 한다.

〈며느라기〉엔 고구마 캐릭터 사린과 달리 사이다 역할을 하는 손윗동서 혜린도 있다. 시어머니 생신 전날 시댁을 찾아가 새벽부터 상을 차리고, 시할아버지 제사를 위해 남편보다 먼저 시댁으로 가 전을 부치는 사린과 달리 혜린은 남편의 집안일과 자신 사이에 확실한 선을 긋는다. 그는 출산 계획에 간섭하는 시어른에게 "그 문제는 저희가 의논해서 결정하겠다"며 잘라 말하고 시할아버지 제사에 참석하지 않는다. 혜린은 여성에게 불합리한 가족 제도를 용기 있게 거부하는 인물이지만 동시에 이 때문에 '가족들도 포기한 사람'으로 불린다. 사실 현실의 많은 며느리가 혜린과 같은 선택을 하기란 쉽지 않다. 대부분은 사린과 혜린 사이 어딘가에서 줄타기를 하고 있을 것이다.

줄타기 경력자로서 동방예의지국이니 어른께 예의는 차릴지언정 못하는 걸 굳이 잘하려고 하지 말자는 절충안을 제안하고 싶다. 멜론을 깎으려고 나설 순 있는데, 잘 깎을 필요는 없다. 후져도 내 선에서 가능한 수준의 실력을 고백하는 것이 장기적인 해결책이 될지도 모른다. 쪽팔린 건 한순간이고 가족끼린 원래 솔직한 거 아닌가.

참고로 사과 깎기 실력이 드러난 이후 어머님은 자신의 아들에게 요리를 가르치셨다(그래, 이건 내 담임 복이다). 덕분에 우리 집에서는 남편이 나보다 살림을 더 잘한다. 난 지금도 사과 깎기는 좀 자신이 없다. 하지만 먹는 데 큰 문제는 없다.

큰아이를 낳기 전 '타이니팜'이라는 모바일 농장 게임에 잠시 몰두했던 적이 있다. 타이니팜의 세계에서는 다양한 색깔과 무늬를 가진 양과 닭, 돼지, 젖소 등 모든 농장 동물 캐릭터가 알에서 부화하며 시작하는데, 이벤트를 통해 받은 알에서 어떤 동물 캐릭터가 나올지 설레며 기다리는 재미가 컸다.

그리고 아이가 태어났다. 당시 나는 출산이 진귀한 게임 아이템을 획득하는 것 혹은 꽝 없는 뽑기와 유사하다는 생각을 했다. 성스러운 임신과 출산을 게임 따위에 비교하는 게 불경스럽게 느껴진다면 미안하지만, 꽤 긴 산고 끝에 아이가 태어났을 때 나는 진심으로 인생이라는 타이니팜에서 엄청나게 진귀한 캐릭터 하나를 획득한 기분이었다.

나와 남편을 어딘가 닮았으나 완전히 똑같지는 않은, 나름의 개성을 지닌 작고 귀여운 생명체가 세상에 똑 떨어졌다는 사실은 예상보다 더 놀랍고 흥분되는 일이었다. 그리고 알겠지만 진귀한 아이템(!)은 많을수록 좋다. 둘째가 태어났을 때 역시 부모와 형제를 닮았으나 또 다른, 새로운 귀여운 개체가 탄생할 수 있다는 것에 감탄했다.

아이들이 성장하는 과정을 지켜보는 것 역시 흥미진진하다. 단세포 상태에서 세포분열을 하며 태아의 모양새를 갖추는 아홉 달, 그렇게 세상 밖으로 나왔지만 아직 빛과 어둠 정도만 알아차리던 꼬물거리는 생명체가 무럭무럭 성장해 동네 강아지 수준으로 기어다니고 말귀를 알아듣는 과정, 그러다 두 다리로 걷고 자신의 언어를 습득하며 성장하는 모습 등 인류의 진화 과정을 아주 빠른 속도로 가까이서 지켜보는 느낌도 들었다.

각자의 취향은 얼마나 또렷하고 확실한가. 자라나는 아이들에게서 갓 태어났을 때는 몰랐던 특성들이 보이면 자주 놀란다. 잠버릇이나 식성처럼 은밀한 습관과 취향이 어릴 적 내 모습과 똑같다는 걸 알아차릴 때는 유전자의 신비를 느낀다. 비록 체력의 한계로 포기했지만 그 뽑기의 즐거움은 꽤 중독적이다. 나는 그래서 아이를 많이 갖는 부모의 마음을 다소 이해한다. 자녀를 여럿 둔 선배 한 분은 "자식은 그 수^{n}에 비례해 n배로 행복한 게 아니라 2의 n승 정도로 행복하다"는 말을 했다. 그 행복에는 꽝 없는 뽑기의 즐거움과 발견도 큰 부분을 차지한다고 생각한다.

물론 세상은 타이니팜의 세계보다 훨씬 복잡하다. 무엇보다 게임처럼 리셋을 할 수도 없다. 자식을 낳은 건 내가 한 가장 생산적인 일이었으나 이 거대한 성취에는 그만한 책임이 따른다. 그래서 누가 내게 자식을 낳아 기르는 게 어떤 건지 묻는다면 나는 이미 화려한 비유를 준비해뒀다. 그러니까 이건 마치, 아주 비싼 여행 같다. 단, 휴양지가 아닌 오지여행.

흔히들 인생을 여행에 비유하곤 하는데 자식을 낳아 기르는 이 여행은 다른 선택지에 비해 에너지와 비용 소모가 꽤 커 보인다. 편하고 쉬운 길보단 어렵고 불편한 길이 많은 편이다. 예측 불가능하고 낯선 경험이 연속적으로 펼쳐진다.

이 여행의 초기 단계인 출산과 육아를 보자. 출산 직후 산부인과 수유실에서 모두가 옷을 내리고 젖을 먹이는 풍경에 다소 충격을 받았던 적이 있다. 같은 환자복을 입고 있던 민낯의 엄마들은 다들 품에 하나씩 자식을 안고 같은 목적―젖먹이는 일―에 몰두했다. 그들이 누구고 이전에 무슨 일을 했는지는 전혀 중요하지 않았다. 그 공간에선 모유가 잘 나오는 엄마가 가장 부러움을 샀다.

나는 새벽 수유를 할 때마다 시간을 거슬러 올라가 내 할머니와 그 할머니들의 생활을 상상했다. '육아템'은커녕 일회용 기저귀와 분유도 없던 시절에 아이를 키우는 것의 고됨에 대하여. 나는 엄마가 되어서야 아이를 키웠던 과거의 여자들을 생각해볼 수 있었다.

자식을 기르는 어려움은 물리적인 것만을 의미하지 않는다. 오롯이 내게서 시작됐고 나만 바라보는 존재가 생긴다는 건 큰 두려움을 준다. 여기에 더해 아이를 키우는 순간순간 나라는 인간의 바닥에 대해서도 생각하게 된다. 밖에서 아무리 우아하고 배운 척해도, 집에서의 나는 인내심을 잃고 고래고래 고함치다 후회하길 반복할 뿐이다.

내가 싫어하는 아이의 모습은 실은 내 모습과 닮아 있을 때가 많다. 그래서 등을 굽힌 채 TV를 보는 아이의 자세를 지적할 때마다 나는 자꾸만 동화 〈엄마 게와 아기 게〉 에피소드를 떠올린다. "엄마도 옆으로 걷고 싶어서 그런 게 아니고 아기 게는 잘됐으면 하는 마음에서 그런 거지. 엄마도 등은 굽었지만 너희는 자세를 반듯하게 하면 좋겠어, 큼큼." 좀 비겁하지만 어쩔 수 없다.

주변의 누군가가 아이를 낳을까 말까 혹은 둘째를 낳을까 말까 고민을 털어놓을 때마다 시원한 답을 주기가 조심스럽다. 결혼을 하는 것만으로 삶이 그다지 많이 바뀌진 않았지만 아이를 낳아 기르는 것은 내 인생을 흔들었다. 객관적으로 이 오지여행은 정말 쉽지 않다. 비용은 비용대로 들고 정신력과 체력은 고갈되기 일쑤다. 사서 고생을 하는 것처럼 보이기도 한다. 심지어 이 엉망인 세상에서 어떻게 아이를 키울 수 있나, 누군가가 따져 묻는다면 딱히 할 말도 없다.

그럼에도 이 오지여행은 분명 특별한 매력이 있긴 하다. 흙탕물을 뒤집어쓰고 때로는 굶주리거나 쪽잠을 자기도 하지만 여행지에서 아름다운 석양이나 푸른 하늘을 보면 그 고단함을 금세 잊는다고 하지 않던가. 자식을 기르는 많은 이가 자식이라는 그 존재만으로도 배부르다며 그깟 고생은 고생도 아니라고 힘주어 말한다. 물론 일부는 좋은 감상도 한철이지 두 번은 못할 일이라고 쏘아붙일 수도 있다. 원래 여행이라는 게 그렇다. 케바케case by case는 어디에서나 진리다.

사실 부모가 된다는 게 인간적인 성숙을 의미하는 건지는 잘 모르겠다. 오히려 부모가 되면 지켜야 할 내 것이 많아지며 세상을 보는 태도나 시각이 좀 더 편협해지는 부분도 있다고 생각한다. 그럼에도 '엄마가 된 나'와 '그렇지 않은 나' 두 선택지 가운데 하나를 꼽아야 한다면 주저 없이 전자를 꼽겠다. 부모가 된 나는 이전보다 조금 더 나은 사람이 되고 싶다는 바람을 갖게 됐다. 과거의 내가 까칠하고 냉소적이었다면 지금의 나는 타인과 세상을 좀 더 너그럽게 보는 여유도 생긴 듯하다. 그래서 감히 말하자면 이 여행은 고되지만 내게 그 이상의 깨달음과 기쁨을 준다고 믿는다.

누군가는 이런 마음을 학습된 모성애라고 부르기도 하고 호르몬의 과학이라고도 하는데, 사실 이런 마음이 어디에서 비롯된 건지 정확히 설명하긴 어렵다. 철 지난 광고처럼 이렇게 얘기할 수밖에. "아, 참 좋은데 어떻게 표현할 방법이 없네." 그리고 당신이 나와 같은 종류의 여행을 하고 있거나 계획하고 있다면 발랄하게 인사를 나누고 싶다. BON VOYAGE! 신나는 여행이 되길 바라, 좀 힘들겠지만.

21세기 엄마

20대 때부터 일찍이 MBTI에 빠졌는데 나는 오랫동안 변치 않는 내향형이었다. 그러다 최근 MBTI 돌풍 때문에 다시 해봤더니 더러 외향형으로 나왔다. 역시 밥벌이의 힘이란 위대하구나. 실제로 요즘 나는 업무로 새로 만나는 사람들과의 관계에서 스트레스보다는 에너지를 느끼는 쪽에 가깝다.

그러나 밥벌이로 단련된 나의 사교성은 아이와 관련된 관계 앞에서는 쪼그라든다. 아이 선생님과 상담을 하러 가면 무슨 죄를 저지른 사람처럼 두 손 공손히 모으고 책상을 뒤에서부터 쓸며 교실로 입장한다. 선생님께 문자 하나 보낼 때도 혹여 실수할까 맞춤법 검사기를 돌리고 남편의 데스킹까지 거친다.

현재 내게 가장 어려운 인간관계는 단연코 아이 친구 엄마다. 아이 친구 엄마를 처음 만나면 늘 숨어 있는 내향형의 본성이 나오면서 굉장히 소심해진다. 심지어 최근에는 아이 친구 엄마가 전화번호를 물었는데 내 번호가 기억나지 않아 당황하기까지 했다(J 어머니, 저 이상한 사람은 아니랍니다). 대체 나는 왜 아이와 관련된 일에 이토록 '쭈그리'가 되며 긴장하는 걸까.

최근 본 한 유명 교육 유튜버는 채널 강연에서 "엄마는 아이의 외교관"이라며 "내 말투와 행동, 차림새가 아이와 가족을 대표한다는 걸 잊지 말아야 한다"고 강조했다. 그 비유를 들었을 때 나는 내 과한 긴장감의 기저에 엄마외교에 대한 부담이 있다는 사실을 문득 깨달았다. 내 행동이나 실수가 아이가 맺는 어떤 관계에 영향을 미친다는 생각에 큰 압박감을 느꼈던 것이다.

엄마외교를 잘하기란 정말 쉽지 않다. SNS에는 학교 행사에 갈 때 적절한 옷차림과 대화법에 대한 문의와 조언이 넘쳐난다. 심지어 어느 동네는 학부모 모임이 있는 날이면 네일샵 예약이 안 된다는 얘기도 있다. 직장에 다니는 내 친구들 다수는 학부모 모임과 등굣길 교통정리 봉사 또는 기타 학교 행사를 위해 아낌없이 휴가를 낸다. 한때 우리는 학부모를 동원하는 행사가 아이를 볼모로 부모의 노동력을 착취하는 것이라며 스스럼없이 비판하던 이들이었다. 그러나 자식 앞에 그런 비판은 무색해진다.

나는 시어머니 한복을 빌려 입고 유치원 민속놀이 행사에 가서 송편을 빚었고, 학교 행사에서 아이들을 위해 떡볶이와 소떡소떡 만드는 일에 자원했다. 행사에 얼굴을 비쳐 조금이나마 아이의 기를 살려주고 싶기도 했고, 많은 엄마가 나서서 참여하는데 나만 무임승차자처럼 보이고 싶지 않기도 했다. 대외적으로 '엄마가 신경 써주는 아이'처럼 보이는 것도 중요했다. 반찬를 내고 학교 운동장에서 소떡소떡을 데우던 나는 유명 CEO가 자녀의 학교 바자회에서 앞치마를 두르고 꼬치를 구웠다는 이야기를 들으며 묘한 위로를 받았다.

아이 둘을 키우는 엄마이자 교사인 내 친구는 이런 모습들에 대해 "엄마들 사이에서 소외되지 않으려는 처절한 노력"이라고 표현했다. "우리 어릴 때처럼 담임한테 잘 보이려고 학교에 자주 찾아오는 그런 치맛바람은 많이 사라졌지. 대신 지금은 엄마들끼리 관계에 더 신경을 쓴달까. 어릴 땐 따로 만나서 키즈카페 가고, 좀 크면 잘하는 애들끼리 그룹과외하고…."

냉정하게 보면, 겨우 저 정도 혜택을 위해 뭐 그렇게까지 노력하며 스트레스를 받나 싶다. 엄마 인맥의 한계로 초등학생 시절 키즈카페 모임이나 친구 생일잔치에 참석하지 못했다 치자. 당장은 아이가 서운할 수 있지만 지나고 보면 긴 인생에서 유년기 놀이 몇 번 못한 게 큰 대수냐 싶다. 과외나 학원 역시 결국엔 '공부는 자기 하기 나름'이라는 진리로 통한다. 실제로 '엄마외교'를 설파한 유튜버는 또 다른 강연에서 이런 말도 했다. "엄마들 관계, 저학년 때는 중요하게 보이지만 나중에는 큰 의미 없어요. 애가 ○○경시에서 상이라도 타봐. 앞다퉈 연락올걸."(물론, ○○경시에서 아무나 수상을 하는 건 아니다.)

　문제는 '그게 뭐 별거냐' 싶은 많은 것이 내 자식 일이 될 땐 그렇게 느긋해지지 못한다는 데 있다. 나를 비롯한 이 시대의 많은 부모는 앞선 세대에 비해 내 아이가 입을 상처와 실패에 더 예민하고 불안해한다.

　내 또래 부모들은 임신과 육아 단계에서부터 책과 유튜브, 블로그, 인터넷 카페 등을 통해 수많은 정보를 습득한다. 그러나 아이러니하게도 유아기와 아동기, 청소년기의 중요성이 강조되고 그에 대한 정보가 늘어날수록 부모로서 챙겨야 할 짐이 더 늘어난다는 느낌을 받는다. 애착육아가 중요하다는 얘기를 들으면 맞벌이라 부모와 함께하는 시간이 부족한 아이의 정서가 걱정되면서 죄의식에 휩싸인다. 때로 어설픈 육아 지식은 불안을 더욱 부채질한다("혹시 키즈카페 모임에 못 가서 얻게 된 마음의 상처가 성인이 된 후 자존감에 영향을 미치면 어쩌지?!").

　여기에 갈수록 치열해지는 경쟁도 부모의 불안을 부채질한다. 과거에는 내 아이의 비교 대상이 옆집 아이였지만 이제는 수많은 교육 인플루언서와 그들의 '엄친아'들로 확장된다. '실패를 통해 성장한다'는 말에 지극히 동의하지만 어느 집 아이의 뛰어난 영어 실력이나 수학 선행 이야기를 들으면 우리 아이만 뒤처지는 건 아닌가 싶어 금세 동동거린다.

맬컴 해리스는 미국 밀레니얼 세대의 성장과정을 분석한 저서 《밀레니얼 선언》(노정태 옮김, 생각정원, 2019)에서 자식을 집중 관리하고 양육하는 부모를 '인적자본'을 다루는 '투자자'에 비유했다. 요새 중산층 부모는 교우관계부터 하루 일과까지 아이 생활에 과거보다 훨씬 더 많이 개입하는데, 자녀를 이 세계에서 괜찮은 '상품'으로 키우기 위한 노력은 마치 투자자가 자본의 위험요소를 제거하려는 노력과 유사하다는 것이다. "부모 자신이 어떻게 생각하건 간에, 집중적 양육intensive parenting을 수행하는 부모의 역할은 갓 덩치를 불리기 시작한 자본을 관리하는 이상적인 관리자의 역할과 그 경계가 희미해지곤 하는 것이다." 미국 밀레니얼이 아닌, 이제 부모가 된 한국 밀레니얼로서도 공감하게 되는 뜨끔한 지적이다.

한없이 피곤하지만 차마 포기하지 못하는 엄마외교의 이면에는, 부모의 노력과 개입을 통해서라도 아이가 나(부모)보다 더 나은 삶을 살길 바라는 마음이 있다. 그리하여 부모는 아이의 외교관이 되어야 하고, 친구이자 선생님도 되어야 하며 감독이자 매니저로서의 역할도 해야 한다. 심지어 어떤 부모는 아이가 대학생이 되거나 사회생활을 하게 될 때까지 헬리콥터처럼 주변을 맴돌기도 한다. 그러나 고도성장이 사라진 사회에서 자식이 부모가 경험한 만큼의 성취를 이뤄내기란 쉽지 않다. 게다가 지금처럼 급변하는 세상에서 기성세대인 부모의 잣대로 자식의 미래를 재단하고 그 틀에 맞추려는 시도는 얼마나 근시안적인가. 무엇보다 자식은 부모의 의지대로 되지 않는다.

물론 머리로 이해하는 많은 것이 마음의 불안을 삭혀주진 않는다. 오히려 예측이 어렵기에 더 최선을 다해 부모의 역할 혹은 자식을 향한 감시의 고삐를 죄는 것인지도 모른다. 그렇게 갈피를 못 잡는 엄마인 나는 책과 유튜브, 블로그 등을 끊임없이 확인하며 걱정을 거듭하고, 피곤을 무릅쓰고 엄마외교에 나서서 내 아이를 위한 안정적 포트폴리오를 구축하려 애쓴다. 그러다 가끔씩, 나는 엄마인가 투자자인가 질문을 되뇌며 고민한다. 대체, 좋은 엄마란 무엇인가.

그게 바로
늙은 거야

또래 지인들에게 상사가 아닌 부하직원의 욕을 듣는 횟수가 많아졌다. 입을 모아 같이 욕을 하다가도 "그건 너무 꼰대"라며 일침을 주고받는 상황이 반복된다. 우리가 서로 꼰대인지 아닌지 논쟁의 불을 붙였던 주요 이슈들은 다음과 같다.

예정에 없던 프로젝트 앞에 예정된 휴가 사용(그리고 휴가 중 회사와 노골적인 연락 차단)

결코 이르지 않은 출근과 오차 없는 정시퇴근

직속상사 지시에 대한 공개적 반론(심지어 해맑게)

오랜만의 팀 회식에 당당한 불참

이직 가능성에 대한 일상적 언급

자신의 업무능력에 대한 과대평가

눈을 마주쳐도 절대 숙이지 않는 고개(그러니까 인사성 얘기다)

업무 지적에 대한 영혼 없는 리액션

다소 헐벗은 차림의 SNS 프로필('그 정도 노출을 헐벗었다고 표현하는 게 맞냐' '남의 프로필을 이렇게 들여다보는 게 옳은 거냐'에 대해 추가 논쟁이 붙기도 했다)

위에 언급된 사례들에 대해 한마디 해야 하나 망설이는 너

팀워크 문제, 업무에 대한 부족한 열의, 이기적인 태도 등 우리가 흥분하는 포인트들에는 미세한 차이가 있었으나 상당 부분은 '나 때는 상상도 못했던 행위가 요즘 애들이라면 그럴 수도 있는 것'으로 용납되는 상황에 대한 불만, 이른바 질투였다.

상사 눈치 못지않게 부하직원 눈치를 봐야 하는, 그래서 노골적으로 "라떼는 말이지…"라고 말하지 못하는, 쿨해 보이고 싶지만 결코 쿨하지 못한 우리. 결국 정시퇴근을 하고 당당히 휴가를 가는 것에 뒤에서 깊은 언짢음을 표하고 그들의 부족한 주인의식을 신랄하게 비판하다가도 우리가 사장도 아닌데 왜 이런 것에 흥분하냐며 씁쓸한 '현실자각타임'을 갖는다.

사실 어떤 경우는 우리가 '유교걸'인지라 생긴 완벽한 오해도 있었다. 예컨대 헐벗은 프로필의 주인공은 처음 선입견과 달리 꽤 예의바른 성격에 프로페셔널한 성과를 내며 그를 몰래 썹은 선배를 반성하게 했다. 누군가의 해맑은 공론화로 내부의 곪은 문제가 처리되는 경우도 있었다.

하지만 머리로는 이해하더라도, 각자마다 여전히 해결하지 못하는, 극복할 수 없는 꼰대 같은 마음은 남아 있다. 고백하자면, 내 경우, 후배의 인사에 민감하다 (문장을 쓰고도 부끄러워서 한 차례 지웠다 썼다). 빤히 아는 사이에 기어코 인사를 안 하는 후배를 보면 상처를 받는다. 그나마 모두에게 공평하게 고개 숙이지 않는 원칙(?)을 지키는 이들은 받아들일 수 있는데, '선택적 인사'로 확인되면 화가 난다. 반면 잘 알지 못하는 어떤 이들에겐 내게 인사를 잘해줬다는 사실만으로 무한 호감이 생기는 마법에 걸린다. 때로 나를 그냥 지나친 이들에게 습관적으로 고갯짓을 하기도 하는데, 뒤늦게 흠칫했다는 마음이 들어 억울하기도 하다. 나도 안다. 이런 내가 너무나 쿨하지 못하다는걸. 지질하다는걸.

한 술자리에서 이런 개인적인 고민을 털어놓은 적이 있었다. 그때 동석했던 50대 인생 선배는 이런 얘길 했다. "후배가 인사를 안 하면 쟤가 나를 어떻게 생각하는 건가, 혹시 무시하나, 그런 생각에 마음이 복잡해지죠? 그런 생각이 들 때, 그게 바로 늙은 거야."

숨어서 부하직원 욕하는 우리 역시 과거엔 뒤에서 욕을 먹던 신입사원이었다. 최소한 10여년 전의 나 역시 적잖이 '무개념'이었다. 나는 살갑거나 예의바른 후배가 아니었고 심지어 누군가의 좋은 사회성을 아부로 치부하며 쉽게 무시했다. 의식으로는 부인했지만 내 본능은 권력이 센 사람과 그렇지 못한 사람을 구분했다.

동시에 그때의 나는 지금 내가 욕하는 누군가처럼 자기 객관화가 덜 된, 철부지이기도 했다. '나는 (내가 생각할 때는) 꽤 잠재력이 뛰어난데… 나는 (잘 드러나진 않지만) 정말 열심히 했는데…' 같은 생각을 하며 스스로를 과대평가했다. 내 능력과 노력을 몰라주는 조직과 선배에게 한없이 서운해하며 그들의 감이 떨어진다고 생각했다. 그렇다고 적극적으로 나서거나 도전하지도 못했다. 늘 뒤에서만 왜 아무도 날 몰라주냐고 징징거릴 뿐이었다. 내가 입은 작은 손해에는 바르르 떨면서도 내 위의 누군가가 느꼈던 책임의 무게는 이해하지 못했고 그 자리에 있는 사람이라면 베푸는 게 당연한 거라고 생각했다. 틀린 건 아니었지만 반대편에서 보면 그 태도 역시 참 이기적이었다.

그래서 누군가가 마음에 들지 않을 때 과거 무개념이었던 나를 인내로 품었을 어떤 분들을 떠올린다. 나도 준 게 있으니 지금 받고 있는 것이겠지…. 최화정 언니가 했다는 명언대로 그렇게 '퉁치는' 것이다.

어떤 나무늘보는
생각보다 빠르다

"엄마는 동물로 태어났다면 뭐였을 것 같아?"

둘째의 질문에 망설임 없이 "나무늘보"라고 답했다. 얼마 뒤 담임선생님과 전화 상담을 하는데, 둘째가 '동물에 비유해 가족 그리기'에서 나를 나무늘보로 그렸다는 사실을 전해 들었다. 둘째는 그 그림에 엄마가 나무늘보인 이유도 썼는데, 대략 "잠이 많고 늘 누워 있다"정도였던 것 같다(선생님은 아이가 쓴 이유를 읽다가 민망했는지 끝까지 들려주진 않았다). 아이에게 나무늘보라고 생각한 이유까진 설명하지 않았던 것 같은데, 나름대로 느끼는 게 있었던 걸까.

나무늘보의 존재를 나 자신과 강렬하게 동일시하기 시작한 건 애니메이션 영화 〈주토피아〉를 보고 나서부터였던 것 같다. 실종사건 때문에 긴박한 주디(토끼)와 홉스(여우)를 앞에 두고 차량번호 하나 입력하는 데도 오랜 시간이 소요되는, 복장 터지게 하는 플래시(나무늘보)를 보며 깊은 동병상련을 느꼈던 것이다.

이 영화를 봤을 즈음 나는 둘째 육아휴직을 마치고 복직해서 새로운 부서로 옮긴 상태였다. 당시 내 담당 출입처는 국토교통부와 건설사였다. 정부부처 출입은 처음이라 국토부가 그렇게 많은 일을 한다는 걸 몰랐다(대한민국의 모든 주택·건설 정책과 육지와 하늘의 교통 및 물류에 관여한다). 대한민국 국민이 부동산에 이렇게나 깊은 관심이 있다는 것도. 많은 게 익숙하지 않아서 같은 부서의 다른 기자들은 어렵지 않게 하는 대부분의 일이 내게는 버거웠다. 가깝게는 일반인 평균보다 떨어지는 부동산에 대한 무지함("재개발과 재건축이 다른 건가요?")과

지리에 대한 취약함까지도 문제였다. '서울 동남권 A지역에 지하철이 생긴다'는 얘길 듣고 누군가는 '배후 B, C, D가 호재'인 상황과 '+α'의 시장 변수를 금세 파악하지만, 나는 인터넷으로 주섬주섬 서울시 지도를 켜서 동남권이 대체 어느 지역에 해당하는지부터 찾아보곤 했다. 종종 달라진 부동산 정책을 묻는 독자 문의를 받기도 했는데 어떤 것들은 정말로 몰라서 답하기 어려웠다. '저는 심지어 아직 등기도 못 쳐봤는데⋯.' 그렇다고 이런 하소연을 할 수도 없지 않나.

그 무렵 나는 하루하루 버티는 마음으로 회사를 다녔다. 지나고 보니 일종의 무기력함이 아니었을까 싶다. 그 때문인지 작은 표에서조차 종종 숫자를 틀렸고, 짧은 스트레이트를 쓰는 것조차 두려웠다. 원래도 좀 느렸던 기사 작성 속도는 더 느려졌다. 짐작하겠지만 빠른 마감이 생명인 조직에서 나무늘보의 속도는 치명적이다.

결국 6개월 만에 부서를 옮기고 싶다는 말을 꺼내며 농담이랍시고 이런 얘기를 했다. "정글로 치면 여기는 빠른 치타나 표범 같은 친구가 많은 곳인데, 저는 아무래도 나무늘보라 무리 같습니다." 듣는 분이 가볍게 웃길 바라며 한 말이었는데 말하는 나만 실없이 웃고 말았다. 그렇게 '나무늘보 트라우마'를 간직하고 부서를 옮겼다. 다른 부서에서의 생활은 좀 나았지만 계속 나무늘보의 정체성으로 살아갔다. 나는 종종 플래시의 더딘 일처리를 기다리며 초조해하던 주디와 홉스의 얼굴을 떠올렸다.

어느 날 '동물들의 겨울나기'라는 주제로 서울대공원에 취재를 가게 됐다. 겨울이면 더 활발해지는 호랑이와 열선 장치 주변에 모여 있는 원숭이들, 추위를 피하느라 원래 우리에서 사라진 사자 등에 대한 취재를 마치고 시간이 남아 남미관에 들렀을 때 상식을 깨는 속도로 움직이는 나무늘보를 목격했다. 대소변을 해결하기 위해서만 아주 가끔 땅에 내려오며 인생의 대부분은 나무에 매달려 보내고 워낙 안 움직이는 탓에 몸에 녹조류가 끼는, '세상에서 가장 게으르고 느린 동물'이라는 게 그때까지 내가 가진 나무늘보에 대한 상식이었다. 그런데 그 나무늘보는 날카로워 보이는 기다란 발가락으로 방사장의 철망과 구조물 설치대를 척척 짚어가며 어슬렁어슬렁 이동했다. 대략 침팬지나 오랑우탄 속도 정도로 느껴졌는데, 당시 동물원을 찾은 다른 젊은 여성 두 명도 "어머, 뭐야 빠른데?" 하고 놀랐으니 확실히 상식 밖의 속도였던 것이다.

혹시 다른 동물을 나무늘보로 착각한 게 아닐까? 아니면 꿈이었을까? 최근에 이런 생각을 하며 유튜브에 나무늘보를 검색했다가 서울대공원 공식 채널에서 "서울대공원 남미관에 살고 있는 두발가락나무늘보의 반전매력!"이라는 영상을 봤다. 내가 봤던 그 나무늘보가 두발가락나무늘보고 사실은 '빠름보'라는 설명이 있었다. 또 다른 블로그에 따르면 이들 나무늘보는 오전과 오후 세 시 식사시간에 특히 활발해지는 편이며 수영도 엄청 잘한다고 한다.

생각해보니 나도 아주 가끔은 "빠르네요"라는 평가를 듣긴 한다. 그런 얘길 들으면 흠칫 "제가요?!"하고 놀라다가, 그래봤자 오랑우탄의 한가로운 산책 수준의 속도겠지 생각한다. 시간이 흐르면서 그런 평가를 듣는 횟수가 더 많아졌는데 약간 궁금하긴 하다. 혹시 어떤 나무늘보는 환경에 맞춰 본능보다 속도를 좀 더 키우기도 하는 걸까.

위키피디아 등에 기록된 두발가락나무늘보는 대체적으로 '무척 느리다'는 평가를 받는다. 애초에 서울대공원 나무늘보의 속도가 평균적인 나무늘보와 비슷한데 세간의 과장으로 나무늘보의 속도를 지나치게 얕잡아본 건지, 실제로 동물원의 나무늘보가 환경에 맞춰 더 빨라진 건지는 여전히 모르겠다. 만약 더 빨라진 거라면 인간에게 노출된 상황에서 느낀 불안 때문이었는지, 천적이 사라지고 따박따박 먹이가 제공되는 상황이 주는 편안함 덕분인지 역시 모르겠다.

어쨌든 어떤 나무늘보는 당신의 생각보다 좀 빠를 수 있다. 그러니 영화처럼 슈퍼카를 타고 과속을 하는 나무늘보를 목격했더라도 너무 놀라진 말자. 그리고 혹시 당신이 나처럼 자신을 나무늘보라고 생각하는 사람이라면 위안을 얻길. 우리는 가끔 오랑우탄만큼만 움직여도 매력을 뿜을 수 있는 존재들이다.

멋진 언니 아닌
생존자의 고백

책을 출간하기로 한 뒤 첫 미팅에서 편집자는 커리어에 고민이 많을 젊은 여성들을 위해 애도 낳고 일도 하는 언니로서의 조언이 책에 담기면 좋겠다는 얘길 했다. 잠시 망설여졌다. 그래서 했던 대답이 "제가 뭐라고…"였던가. 말을 더하려다 첫 만남에 너무 없어 보여 생략했다. 털어놓고 싶었던 뒷말은 "저는 그저 저희 조직의 쩌리인걸요"였다. 쩌리, 중심이 되지 못하고 주변을 맴도는, 비중이 적고 보잘것없는 사람을 속되게 이르는 말.

누군가는 회사생활을 전쟁이라고 부른다. 오랜 관찰로 깨달은 바, 전쟁에 특화된 인재들이 있긴 하다. 이미 입사 때 사회생활의 기본을 장착하고 와서 익숙한 게임의 퀘스트를 깨듯 척척 업무 레벨을 높여가는 이들을 보며 감탄했다. 그런데 나는 이곳이 전쟁터인지 놀이터인지 구분하는 데도 한참의 시간이 필요했다. 그리고 지금도 여전히, 굳이 우리가 이렇게 전쟁할 필요가 있나, 이런 한가한 마음을 품고 있다.

애초에 좀 부족한 전투력을 가진 나는 분위기 파악이 안 되는 상태로 화장실에서 눈물을 훔친 역사가 길다. 원하지 않는 인사가 나 막막했을 때, 내가 보기에도 후진 결과물을 낸 후 '팩폭' 비판을 들었을 때, 큰 호감을 품고 인터뷰어 섭외를 했지만 야멸찬 거절을 당했을 때, 정성을 쏟았던 일이나 관계가 의도와 다른 방향으로 왜곡돼도 그에 맞설 만큼의 힘이 내게 없을 때… 화장실로 달려가 눈물을 흘렸다. 창피하지만 나이 마흔이 넘어도 눈물은 나온다. 아마 50대에도 비슷할 것 같다. 서럽고 속상한 거에 눈물 나는 데 나이 제한은 없다. 그런데 누가 누구에게 조언한단 말인가.

다만 직업 덕에 세상의 멋진 언니들을 더러 만날 기회가 있었다. 이들을 가까이서 본 관찰기 정도를 공유할 순 있겠다 싶다. 멋진 언니를 딱 부러지게 정의하는 건 어렵지만 대략 남성 위주 사회에서 유리천장을 뚫고 사회적 성공을 거둔 여성, 결혼하고 아이도 기르며 이 모든 것을 해낸 슈퍼우먼 정도로 한정해보자. 일터뿐 아니라 사회 전반에 군대문화와 남녀차별이 혼재하던 시절, 마치 독립투사를 방불케 하는 그들의 성취 스토리를 듣다 보면 어쩔 수 없이 숙연해진다. 그렇다면 나는 그들을 보며 나의 나약함과 부족함을 다그치고 정금으로 단련했던가.

결론부터 말하면 멋진 언니를 따라 하다간 가랑이가 찢어진다. 사실 '슈퍼'라는 수식어는 아무에게나 붙는 게 아니다. 세상에 공짜는 없다. 멋진 언니들은 그 커리어를 쌓기 위해 많은 것을 희생했다. 개인적인 시간이나 소소한 즐거움일 수도 있고, 가족이나 건강 혹은 좋은 성격이나 자존심일 수도 있다. 사실 여자건 남자건 전장에서 멋진 장수가 되려면 싸움을 두려워하지 않아야 한다. 그럴 자신 있나. 나는 부족했다. 아마 지금이 앞선 세대 언니들이 살던 세상이었다면 나는 전쟁 전에 도망쳤거나 장렬하기보단 폼 안 나게 죽었을 것이다.

자신의 에너지가, 성정이, 그 업계의 멋진 언니가 될 수 있을지 냉정히 따져볼 필요가 있다. 자기합리화라고 할진 모르지만, 언제부턴가 나는 그런 에너지와 성정은 배움으로 익힐 수 있는 게 아니라고 믿게 됐다. 더불어 멋지고 훌륭한 커리어가 좋은 삶과 연결되는지 그것도 이젠 잘 모르겠다.

이 바닥의 멋진 언니가 되지 못한 이유를 구구절절 늘어놨지만, 모순되게도 전장 같은 일터에서 싸웠던 윗세대 여성들에 대한 부채감 또한 가지고 있다. 나는 찌리지만 내 일을 사랑하는데, 내가 이 일의 기쁨과 슬픔을 맛볼 수 있는 기회를 얻었던 데는 분명 윗세대 언니들이 흘렸던 피땀눈물이 있었기 때문이라는 생각이 들어서다. 이제 나 역시도 누군가를 위해 그 자리를 닦아야 하는 게 아닌가, 나는 너무 한가하게 혜택만 누리고 있는 건 아닌가, 이런 생각을 하면 괜스레 미안한 마음이 들기도 한다.

'자매애'라는 표현을 별로 좋아하지 않는다. 여성이 가부장제 사회에 맞서 일정 부분 정치적 목적으로 뭉치는 걸 자매라는 말로 굳이 아름답게 포장해야 하나 싶어서다. 게다가 여성끼리 뭉칠 때 아름다운 관계만 있는 것도 아니다. 여성 사이에서 표출되는 은밀한 공격성은 남성의 그것 못지않다. 하지만 회사라는 공간에서 동성의 선후배의 위로와 지지를 받은 경험이 적지 않다. 화장실에서 훌쩍거렸던 내게 휴지를 건네거나 어깨를 토닥여준 이들은 화장실을 같이 쓰는 그들이었다.

"선배 추한 게 어딨어요. 회사는 전쟁터인데요…. 선배는 저의 전우임다. ㅠㅠ"

화장실에서 훌쩍거리다 들킨 후 민망해하던 내게 후배는 전우애가 넘치는 문자를 보내줬다. 그 문자를 받고 다시 한번 눈물을 또르르 흘렸던 나는, 또 뜬금없이, 전장에서 오가기엔 우리 대화가 너무 아름다운 게 아닌가 싶어 감동했다. 그래서 우리가 머물러 있는 일터를 전쟁터라고만 표현하기엔 충분하지 않다는 결론을 냈다. 내가 일을 사랑하는 건 일을 하면서 성공과 실패, 승리와 패배뿐 아니라 교감과 성장도 경험할 수 있기 때문이다. 그래서 일과 일터의 본질은 누군가 살고 죽는 전쟁보다는 장거리 레이스나 험준한 산타기 정도가 어울리지 않나 싶다. 장애물은 꽤 많지만 그럼에도 완주하고 싶은 그런 목표 말이다.

이 지난한 길에서 자주 넘어졌고 길을 잃은 적도 많았다. 그때마다 곁에서 뛰는 주변 동료들—더러는 장애물인 경우도 있었지만—상당수는 내 페이스메이커였다. 앞선 사람들이 지나간 길 덕분에 수월하게 방향을 잡았다. 내가 지나간 길 역시 누군가에게 흔적이나마 길잡이가 될 수 있다는 생각을 하면 마음이 조금 가벼워지곤 한다. 더 빠른 속도로 목표에 도달하는 이들을 보면 부럽지만, 사실 그보다 더 중요한 건 정확한 방향감각, 중도 포기하지 않도록 내 몸에 맞는 속도를 찾는 것일지도 모른다.

언니는 언니의 시대를 살았고, 당신은 당신의 시대를 살고 있다. 언니 말은 듣고 싶은 것만 들으면 된다. 이 말은, 믿어도 된다.

지영이의 세상

"62년생 72년생까진 인정, 그런데 82는 말이 안 됨."

2016년 출간된 조남주 작가의 《82년생 김지영》(민음사)은 2010년대 한국문학에서 가장 뜨거운 작품이었다. 출간 2년 만에 100만 부를 돌파했고 영화로도 제작돼 인기를 끌었다. 지금까지도 '지영이'는 한국사회에서 기혼여성이 처한 차별적 상황을 말할 때 고유명사처럼 사용된다("올해 명절에도 지영이는 웁니다"). 화제만큼 안티도 많았다. 소설이 세간의 주목을 받기 시작한 2017년과 동명의 영화가 나온 2019년 무렵 남초 온라인 커뮤니티에는 "1980년대생 여자가 무슨 남녀차별을 말하냐"는 주장이 줄을 이었고 요즘도 분위기는 비슷하다.

지영이보다 한 살 많은 81년생인 나는 이 소설과 영화를 모두 봤다. 소설을 읽을 땐 "맞아, 그땐 그랬지" 식으로 공감했고 영화를 보고 나서는 갸웃했다. "지영이가 너무 나약하지 않아? 결혼도, 출산도, 경력단절도 다 자기 선택이었잖아?" 90년대생 후배에게 이 얘기를 했을 때 동그래진 그의 눈빛에서 꼰대라는 메시지를 읽고 나서는 입을 꾹 닫았지만 나는 이 작품이 지영이를 그리는 방식, 특정 성별과 세대에게 씌워진 상징적 틀이 어쩐지 불편했다. 여성에 대한 성폭력이나 차별이 더 이상 존재하지 않는다는 얘긴 결코 아니다. 내가 느끼기에 지영이로 대표되는 80년대생 여성의 상당수는 작품 속 묘사된 지영이보다 훨씬 강해서다.

지영이가 누군가. 조남주 작가는 김지영 세대에 대해 제도와 관습의 차이가 큰 "간극의 세대"라고 칭한다. "기회 자체가 없었던 이전과는 달리 남자들과 똑같이 공부하고 졸업했지만 사회에 진출하며 유리천장에 부딫힌 세대"라는 것이다.* 작품에도 등장하듯, 지영이 세대가 태어났던 80년대는 여아 낙태로 성비 불균형이 최고치를 기록할 만큼 여전히 남존여비 사상이 존재하던 시기였다. 그러나 동시에 '아들딸 구별 말고 하나(혹은 둘) 낳아 잘 기르자'는 구호가 유행했다. 지영이 세대 부모는 '이왕이면 아들'을 선호할 만큼 성차별적 시각은 가지고 있지만, 하나 혹은 둘뿐인 딸이 달라진 세상의 주인으로서 똑똑하게 살아가길 바라며 투자를 아끼지 않은 이들이기도 했다.

　부모들은 딸들에게 더 많은 교육을 시켰고, 학교를 비롯한 사회는 여자아이들에게 더 많은 기회를 줬으며, 기존과 다른 역할을 기대했다. 각 분야에서 최초의 여성들이 등장했다는 기사가 쏟아져나왔다. "그녀는 프로다. 프로는 아름답다" 같은 광고 카피가 유행했고 여성학자가 지상파 방송 프로그램의 진행을 맡았다. 페미니즘이 대중들에게 익숙한 용어로 확대된 것도 이들의

•　　박선희, "조남주 작가 "미투 용기 그냥 묻힐 판…내 책이 제도 바꾸는 힘이 됐으면"", 〈동아일보〉, 2018. 5. 31.

10대, 그러니까 나의 10대 시절 일이다.

이 차이는 통계로도 드러난다. 1990년 여성의 전문대 이상 대학진학률은 31.9퍼센트 정도지만, 2000년이 되면 65퍼센트로 두 배가 된다. 여성의 대학진학률은 계속 증가하다 2005년에는 80퍼센트에 육박했고 2009년에는 드디어 여성의 대학진학률이 남성을 앞선다.[*] 80년대생 여성들이 대학에 진학했을 무렵은 최소한 교육 기회에서 남녀차별이 사라졌다는 의미다.

엄마 세대는 물론 언니 세대보다 많이 배운 80년대생 여성들은 더 적극적으로 사회에 진출했다. 한 예로 80년대생들이 20대에 접어든 2000년대, 20대 여성 경제활동 참여율은 꾸준히 증가했고 2013년에는 사상 처음으로 20대 남성을 추월했다. 어머니의 희생을 당연하게 여겼던 한국사회에서 많은 여성은 오랫동안 '엄마처럼 살지 않을 것'이라고 외쳤지만 사실 80년대생 이후 여성들은 엄마처럼 살고 싶어도 그럴 수 없는 세대가 된 것이다.

[*]   신광영·김창환, 《교육, 젠더와 사회이동》, 박영스토리, 2021.

문제는 학교 밖 세상의 변화가 더뎠다는 점이다. 대학 졸업 후 사회에 진출한 여성 다수가 출산 이후 직장을 포기하며 경력단절의 길로 들어섰다. 여성의 교육 확대가 사회진출로 연결되는 서구와 달리 한국의 많은 지영이는 출산과 육아 때문에 회사를 떠났다.

이들은 왜 경제활동이 아닌 육아를 자신의 몫으로 선택했을까. 사회학자 신광영과 김창환은 《교육, 젠더와 사회이동》에서 "여성들의 경제적 책임이 강조되지 않는 가부장제 사회에서 여성의 교육은 주로 자녀 양육이나 사회적 자본이라는 또 다른 지위재positional goods로 평가된다"고 평한다. 나는 이 말을 한국의 '취집(취업+시집)' 문화 때문에 경력단절이 일어난다는 의미로 이해했다. 즉, "여자는 시집이나 잘 가면 그만이지"와 "여자도 공부하고 능력을 갖춰야 한다"는 상이한 가치관이 "좋은 대학을 나와야 좋은 곳에 시집 간다"로 통합해 변형된 식이다.

수많은 지영이가 경력단절을 택하는 건 회사라는 조직이 결코 여성에게 호락호락하지 않기 때문이기도 하다. 여전히 많은 통계들은 성별에 따른 임금차별이나 유리천장처럼 여자라서 받는 불이익이 존재한다고 지적한다. '워킹맘'이라는 말은 있지만 '워킹대디'라는 말은 따로 없는 세상에서 여성들은 일 못지않게 육아의 부담도 함께 느낀다. 그래서 훌륭한 커리어를 쌓은 여성들조차 어김없이 '과연 좋은 어머니였는지' '가정생활은 어떤지' 같은 세간의 평가를 추가로 받는다.

똑똑한 지영이는 일과 가정의 양립보다는 하나를 택하는 게 합리적이라고 생각했을 것이다. 선택할 수 있다는 건 앞선 세대에 비하면 분명 좋은 조건이지만 동시에 더 많은 갈등 혹은 후회를 남긴다. 그래서 간극의 세대인 지영이들은 모순된 욕망을 추구하는 이들이기도 하다. 김지영 세대의 많은 여성에게 성공은 두 가지로 존재한다. 본인이 좋은 사회적 지위를 쟁취하는 것 혹은 좋은 사회적 지위가 있는 배우자를 갖는 것. 두 가지 모두 얻으면 좋겠지만 사실은 하나를 얻기도 힘든 세상이다.

이 때문에 김지영을 둘러싼 상황, 김지영의 비교 대상은 과거 세대 여성보다 훨씬 복잡해졌다. 미혼은 기혼을, 기혼은 미혼을 부러워한다. 기혼도 세분화된다. 전업

주부가 된 친구는 워킹맘을, 워킹맘은 전업을…. 남초 온라인 커뮤니티 등에서 80년대생 여성이 "유난히 잘 징징거린다" "피해의식에 사로잡혔다" 등의 비난을 받는 데엔 이런 배경이 있다고 생각한다. 욕망의 크기는 커졌는데 이룰 수 있는 현실은 제한돼 있기 때문이다.

《82년생 김지영》이 출간된 지 7년이 지났다. 소설 속 서른넷이었던 지영이는, 2023년 기준 만으로 마흔하나가 됐다. 지영이들의 세상은 어떻게 변했을까. 《82년생 김지영》에서 다룬 일부 통계들을 다시 확인해봤다.

경력단절여성 비율은 2015년 22퍼센트에서 2021년 17.4퍼센트로 4.6퍼센트포인트 감소했다. 같은 기간 여성 고용률(50.1퍼센트→51.2퍼센트)*과 경제활동 참가율도 (51.9퍼센트→53.3퍼센트) 1퍼센트포인트 이상 늘었다.**
여전히 일터 내 차별은 존재하지만 2021년 기준 남성

• 　여성가족부, 〈2022 통계로 보는 남녀의 삶〉

•• 　통계청, 〈경제활동인구조사〉(2021)

대비 여성임금의 비율(63.8퍼센트→69.8퍼센트) 폭은 줄고, 2020년 기준 여성 관리자 비율(19.4퍼센트→22.3퍼센트)은 늘고 있다.

2016년에만 해도 90,000명이 채 되지 않았던 육아휴직자는 2021년 기준 111,000명을 넘어섰다. 특히 남성 육아휴직자는 2015년 4,872명(5.6퍼센트)에서 2021년 29,039명(26.3퍼센트)으로 급증했다. 이제 육아휴직자 4명 중 1명은 아빠다.•

세상은 변하지 않는 것 같지만 조금씩 앞으로 나간다. 대학 시절부터 알고 지낸, 이젠 나처럼 두 아이를 키우며 회사를 다니는 친구와 오랜만에 만나서 식사를 하다가 "우리 서로 참 기특하다, 여기까지 왔구나" 같은 조금 낯부끄럽지만 진심인 덕담을 나눈 적이 있다. 그리고 우리 개개인이 그 시간을 버틸 수 있었던 건 우리가 몸담은 조직과 사회도 함께 달라져서였다. 부서장급 회의에서 10년 전 혹은 5년 전보다 눈에 띄게 늘어난

• 여성가족부, 〈2022 통계로 보는 남녀의 삶〉

여성들의 숫자를 확인하거나 최근 첫 아이가 태어난 뒤 거리낌 없이 육아휴직을 쓰게 된 남동생의 소식을 들을 때 지영이들이 사는 세상이 예전보다 한 발짝 더 나아 갔고 지금도 변화 중이라는 걸 실감한다. 그러니 좌절 하는 수많은 지영이가 좀 더 힘내길 바란다.

지영아, 정신줄 꽉 잡아. 세상은 더 나아질 거야.

20세기 청춘

© 구가인, 2023

초판 1쇄 발행 2023년 3월 22일

지은이	구가인	이메일	moro@morobooks.com
편집	조은혜	트위터	@morobooks
디자인	스튜디오243	인스타그램	@morobooks
제작처	영신사		
펴낸이	조은혜	ISBN 979-11-982262-0-4 03810	
펴낸곳	모로		
출판등록	제2020-000128호		
등록일자	2020년 11월 13일